O JOVEM TÖRLESS

BIBLIOTECA ÁUREA

O JOVEM TÖRLESS
ROBERT MUSIL

2ª EDIÇÃO
TRADUÇÃO: LYA LUFT
APRESENTAÇÃO: ANTÔNIO XERXENESKY

EDITORA
NOVA
FRONTEIRA

Título original: *Die Verwirrungen des Zöglings Törless*

Direitos de edição da obra em língua portuguesa no Brasil adquiridos pela EDITORA NOVA FRONTEIRA PARTICIPAÇÕES S.A. Todos os direitos reservados. Nenhuma parte desta obra pode ser apropriada e estocada em sistema de banco de dados ou processo similar, em qualquer forma ou meio, seja eletrônico, de fotocópia, gravação etc., sem a permissão do detentor do copirraite.

EDITORA NOVA FRONTEIRA PARTICIPAÇÕES S.A.
Rua Candelária, 60 — 7º andar — Centro — 20091-020
Rio de Janeiro — RJ — Brasil
Tel.: (21) 3882-8200 — Fax: (21) 3882-8212/8313

Imagem de capa: Ilustração de Rafael Nobre sobre detalhe de *The Awakening*, de Magnus Enckell (óleo sobre tela, 1894). Wikimedia Commons.

CIP-Brasil. Catalogação na publicação
Sindicato Nacional dos Editores de Livros, RJ

M975j
2. ed.

    Musil, Robert, 1880-1942
        O jovem Törless / Robert Musil; tradução Lya Luft. - 2. ed. - Rio de Janeiro: Nova Fronteira, 2019.
    144p.   (Biblioteca Áurea)

    Tradução de: Die verwirrungen des zöglings Törless
    ISBN 978-85-209-4451-6

    1. Ficção alemã. I. Luft, Lya. II. Título. III. Série.

19-57608   CDD: 833
                         CDU: 82-3(430)

Meri Gleice Rodrigues de Souza - Bibliotecária
CRB-7/6439
05/06/2019   06/06/2019

Apresentação

Primeiros romances são criaturas estranhas. Em parte, porque o autor ainda não cimentou o seu estilo narrativo, e está experimentando com formas na busca por uma prosa que possa defini-lo. Em parte, porque é como um grito de chegada ao mundo, no qual todos os temas e conflitos internos precisam ser expelidos num jorro.

Com o tempo, o autor amadurece e volta a trabalhar com os seus conceitos e ideias em uma obra em geral mais extensa. Mesmo escritores experimentais aperfeiçoam o seu laboratório e produzem resultados mais consistentes (ainda que mais complexos). Pensemos, por exemplo, em *Retrato do artista quando jovem*, de Joyce, em comparação com *Ulysses*. Ou *Perto do coração selvagem*, de Clarice Lispector, em relação a *A paixão segundo G.H.*

Nesse sentido, uma nova edição de *O jovem Törless*, do austríaco Robert Musil, serve para rastrear as origens de sua obra-prima transbordante e incompleta, *O homem sem qualidades*. Kathrin Rosenfield, a maior especialista no Brasil na obra de Musil, expôs, em diversos artigos, a maneira como *Törless* apresenta a matéria-prima ética e estética que seria intelectualmente desenvolvida ao longo de anos e culminaria em *O homem sem qualidades*, ao mesmo tempo em que o livro existe e resiste como uma joia narrativa em si. Afinal, um dos maiores triunfos dessa novela de Musil é a sua capacidade de sintetizar angústias e impasses que associaríamos não apenas à obra geral do autor, mas à história da Alemanha e da Áustria e sua complicada relação com figuras de autoridade, décadas antes da ascensão do nazifascismo.

Escrito em 1905, rejeitado por três editoras e finalmente publicado em 1906, *O jovem Törless* foi produto da mente de um jovem da cidade de Klagenfurt imerso nos estudos de filosofia e psicologia experimental de matriz gestaltiana. Os interesses de Musil sempre foram diversos, nunca se restringindo às humanidades. A matemática, tão importante para *O homem sem qualidades*, aparece em *Törless* como elemento perturbador. As ciências exatas, que deveriam oferecer um chão firme sobre o qual um adolescente poderia se equilibrar, revelam-se absurdas.

Os professores exigem de Törless uma fé cega nos números, e logo ele percebe que a ciência tampouco lhe trará estabilidade. E é disso que se trata, no fim, este romance de estreia: da instabilidade e da falta de referências sólidas ao longo da formação moral e ética de um jovem.

O teórico György Lukács, ao falar de romances de formação e usando como base *Os anos de aprendizado de Wilhelm Meister*, de Goethe, define o gênero pelo conflito que há entre os anseios da vida interna do protagonista e a dura realidade do mundo, culminando numa reconciliação dessas duas esferas. *O jovem Törless* não se encaixa no gênero, mas dialoga com o romance de formação ao mesmo tempo em que dinamita suas estruturas ao dissolver as fronteiras entre sentimento e intelecto, moralidade e imoralidade.

Dividido em duas partes, a segunda metade mergulha nas questões tabus de descoberta da sexualidade, homoerotismo e autoritarismo. Nisso, a obra de Musil tem como parentes distantes *O Ateneu*, de Raul Pompeia, e *Jakob von Gunten*, do suíço Robert Walser, publicado três anos depois de *Törless*, que se passa num internato onde a obediência é valorizada acima de tudo.

Ao contrário de Walser, no entanto, não há ternura ou nostalgia nesses anos de obediência de Törless. A crueldade dos colegas mergulha o protagonista em estados profundos de depressão, transtorno e confusão mental. A estranha fetichização de figuras violentas e sádicas posta em cena torna o livro ousado até para os nossos padrões atuais.

A Europa ainda estava longe da Primeira Guerra Mundial quando o romance foi escrito, mas os valores em mudança e os paradigmas prestes a serem rompidos borbulhavam em todas as esferas da sociedade. Robert Musil foi brilhante em diagnosticar conflitos insolúveis da época, mesclá-los com sua própria biografia e seu interesse ambivalente pela ciência e transformar esse lodaçal de angústia em literatura. A "terrível convulsão" que explode no interior do protagonista segue sem explicações racionais, e a arte de Musil não pretende responder nada, mas fazer as perguntas certas, ou pelo menos as mais difíceis.

Antônio Xerxenesky
Escritor, tradutor e doutor em Teoria Literária pela USP

"De alguma estranha maneira nós desvalorizamos as coisas ao enunciar os seus nomes. Acreditamos ter mergulhado nas profundezas do abismo e, no entanto, de volta à superfície, a gota d'água em nossos dedos quase sem cor já está muito distante do mar que é sua origem. Achamos ter descoberto um maravilhoso tesouro escondido, mas, quando emergimos novamente na luz do dia, nos damos conta de que tudo o que trouxemos são pedras falsas e pedaços de vidro. Apesar de tudo isso, o tesouro continua brilhando na escuridão, intocado."

Maeterlinck

Era uma pequena estação de trens no caminho para a Rússia.

Quatro trilhos de ferro corriam paralelos, interminavelmente, nas duas direções, entre o cascalho amarelo da ampla ferrovia. Ao lado de cada trilho, como uma sombra suja, destacava-se o traço escuro queimado no chão pela fumaça dos trens.

Atrás da estação baixa e pintada a óleo, subia até a rampa da gare uma estrada larga e meio arruinada. Suas margens perdiam-se no solo espezinhado e só eram identificadas por duas acácias postadas de ambos os lados, infelizes, com folhas sedentas e sufocadas pela fuligem.

Talvez fosse por causa dessas cores tristes, talvez pela luz pálida do sol da tarde, fraco e abafado pelo nevoeiro: objetos e pessoas pareciam indiferentes, mecânicos e sem vida, como num teatro de marionetes. De tempos em tempos, a intervalos regulares, o chefe da estação saía de seu escritório, olhava com o mesmo movimento de cabeça a casinha do vigia, que ainda não sinalizava a aproximação do trem expresso porque este sofrera grande atraso na fronteira; depois, com um só e repetido gesto do braço, pegava o relógio de bolso, meneava a cabeça e sumia novamente — assim como vão e vêm as figuras dos velhos relógios das torres, quando estes batem as horas.

Na larga faixa pisoteada entre os trilhos e a estação, passeava um alegre grupo de jovens, à direita e à esquerda de um casal de mais idade, que formava o centro da conversa ruidosa.

No entanto, a alegria do grupo não era verdadeira; o riso divertido parecia emudecer a poucos passos deles, caindo ao solo como se batesse contra um obstáculo duro e invisível.

A esposa do conselheiro da corte Törless era a dama de uns quarenta anos que escondia atrás de um denso véu os olhos vermelhos de chorar. Estavam-se despedindo, e era difícil permitir que seu único filho voltasse novamente por tanto tempo para junto de estranhos, sem que ela pudesse cuidar pessoalmente dele.

Pois a cidadezinha era longe de onde moravam, na sede da corte; situava-se a leste do império, em terras áridas e pouco habitadas.

A sra. Törless permitia que o filho ficasse num lugar tão distante e pouco aconchegante porque nele existia um famoso Internato, fundado no século anterior por uma ordem religiosa, localizado lá certamente para proteger a juventude das influências corruptoras de uma grande cidade.

Era ali que se educavam os filhos das melhores famílias do país, para que, deixando a escola, entrassem na universidade, no Exército ou no serviço público; em qualquer um desses casos, era excelente recomendação ter passado por aquele internato, em W.

Havia quatro anos que o casal Törless decidira ceder aos pedidos do filho e conseguir que fosse aceito pela instituição.

Essa decisão custara muitas lágrimas mais tarde. Pois, quase desde o momento em que o portão do internato se fechara irreversivelmente atrás dele, o pequeno Törless sofrera uma terrível e apaixonada saudade. Nem as aulas, nem os jogos nos grandes e viçosos gramados do parque, nem as outras distrações que o internato oferecia conseguiam atraí-lo: ele mal participava deles. Via tudo como que por trás de um véu; mesmo durante o dia, não poucas vezes custava-lhe conter os soluços; à noite, só adormecia chorando.

Escrevia para casa quase diariamente, e era apenas nessas cartas que vivia; tudo o mais que fizesse parecia-lhe fantasmagórico e sem sentido, fases sempre iguais, como as horas no mostrador de um relógio. Quando, porém, escrevia, sentia algo diferente, único: uma ilha de sóis e cores emergia dentro dele em meio ao mar cinzento, frio e insensível que dia após dia o rodeava. E quando, no correr do dia, durante os jogos ou as aulas, pensava na carta que escreveria à noite, era como se carregasse consigo a chave dourada e secreta, presa numa corrente invisível, com que, sem que ninguém visse, abriria o portão de jardins maravilhosos.

Era singular esse repentino e devorador afeto pelos pais, novo e estranho também para Törless. Antes não o sentira; viera para o internato voluntariamente e com prazer; até rira quando a mãe chorara na primeira despedida. Só depois de alguns dias de solidão, sentindo-se relativamente bem, essa sensação irrompera nele, súbita e primitiva.

Pensava que fosse saudade de casa e dos pais. Mas, na verdade, era algo mais complexo e indefinido. Pois o "objeto" dessa saudade, a imagem dos pais, já nem estava contido nela. Refiro-me à imagem plástica de uma pessoa amada, não apenas fruto da memória, mas algo físico, que fala a todos os nossos sentidos e permanece guardado neles, de modo que nada fazemos sem sentir o outro do nosso lado, silencioso e invisível. Em pouco, essa recordação se desfez, como uma ressonância que só vibra por algum tempo. Por exemplo: naquele tempo Törless já não conseguia evocar visualmente seus "queridos, queridos pais" — em geral era assim que pensava neles. Quando tentava, no lugar deles crescia em seu interior uma dor ilimitada, uma saudade que o feria e atraía, pois suas chamas ardentes doíam e o deliciavam ao mesmo tempo. A lembrança dos pais tornou-se cada vez mais apenas ocasião de provocar esse sofrimento egoísta, numa espécie de altivez sensual, encerrando-o como no isolamento de uma capela, onde, diante de imagens sagradas, vindo de cem velas e cem olhos de santos, difunde-se o incenso entre a dor dos que ali se flagelam...

Quando, depois, sua "saudade de casa" ficou menos intensa e por fim passou, essa característica revelou-se bem claramente. O fim da saudade não trouxe a esperada satisfação; ao contrário, deixou na alma do jovem Törless um grande vazio. E nesse nada, nesse vácuo interior, ele reconheceu que não fora apenas a saudade que passara, mas também algo positivo, uma força espiritual, que só florescera sob o pretexto da dor.

Agora, porém, acabara, e ele só entendera essa fonte de uma primeira felicidade mais alta quando ela chegara ao fim.

Nessa época também desapareceram de suas cartas os apaixonados sinais da alma que começara a despertar, substituídos por detalhadas descrições da vida no internato e de seus novos amigos.

Törless sentia-se empobrecido e nu, como um arbusto que experimenta o primeiro inverno após uma floração ainda sem frutos.

Seus pais, contudo, estavam contentes. Amavam-no com ternura intensa, uma ternura irrefletida e animal. Sempre que voltava ao internato após as férias, a esposa do conselheiro sentia a casa morta e vazia e, ainda dias depois dessas visitas, andava pelos aposentos com lágrimas nos olhos, acariciando aqui e ali um objeto sobre o qual os olhos do rapaz haviam pousado ou que ele segurara nas mãos. Ambos os pais se teriam deixado até ser mortos por causa dele.

A desamparada emoção do filho, a apaixonada e obstinada dor de suas cartas fizeram-nos ficar dolorosamente preocupados; mas a alegria e o contentamento que ele revelara depois puseram-nos novamente felizes, sentindo que ele superara a crise, e apoiavam-no de todas as formas.

Nem numa situação nem na outra reconheceram, no entanto, o sintoma de certa evolução espiritual; antes, avaliaram dor e paz igualmente, como fruto natural das circunstâncias. Não atinaram em que aquilo fora a primeira e fracassada tentativa do jovem, agora entregue a si mesmo, de desdobrar suas forças interiores.

※

Törless andava inquieto, em vão tateava aqui e ali à procura de alguma coisa nova que lhe pudesse servir de apoio.

※

Nesse tempo ocorreu um episódio sintomático do que se preparava para ele e que mais tarde evoluiria.

Certo dia chegara ao internato o jovem Príncipe H., filho de uma das mais influentes, tradicionais e conservadoras famílias de nobres do império.

Todos os outros rapazes aborreceram-se com seus afetados olhos meigos; ridicularizavam a sua maneira de projetar o quadril ao parar, brincando lentamente com os dedos quando falava; diziam que isso era coisa de mulheres. Zombavam dele especialmente porque não fora trazido ao internato pelos pais, mas pelo preceptor, um religioso, doutor em teologia.

Törless, porém, desde o primeiro instante sentira grande atração por ele. Talvez porque o rapaz fosse um príncipe da corte, talvez também por ser a primeira vez que conhecia alguém tão diferente.

De alguma forma o rapaz parecia ainda trazer consigo o silêncio de exercícios piedosos e de um antigo castelo no campo. Tinha movimentos flexíveis e macios ao andar, um modo um pouco tímido de se encolher, como quem adquiriu o hábito de atravessar, ereto, salões despovoados, onde qualquer outra pessoa se chocaria com duras quinas invisíveis no espaço vazio.

O contato com o príncipe tornou-se para Törless fonte de um refinado prazer psicológico. Fez desabrochar nele aquela compreensão do ser humano que nos possibilita reconhecer outra pessoa pelo tom da voz, pela maneira de segurar um objeto, até pelo timbre do seu silêncio ou a postura com que se coloca num determinado espaço; em suma, por toda essa maneira quase imperceptível mas peculiar de alguém existir — isso que envolve o cerne, o que é palpável e abordável, como a carne acomodada em torno do esqueleto, coisas que podem ser apreciadas de forma tão nítida que permitem intuir a personalidade do outro.

Durante esse breve lapso de tempo, Törless viveu num idílio. Não se aborrecia com a religiosidade do novo amigo, na verdade totalmente estranha a si, como filho que era de burgueses livre-pensadores. Ao contrário, aceitou-a sem objeções. A seus olhos, a religião era até um privilégio do príncipe, pois sublimava a criatura que ele sentia tão diversa de si próprio e com a qual não se podia comparar.

Em companhia do príncipe, sentia-se como numa capela à beira de um caminho, e a sensação de se achar fora do devido lugar desaparecia ante o prazer de observar a luz do dia através dos vitrais e deixar a vista passear pelos supérfluos enfeites dourados, superpostos na alma daquela pessoa, até obter do conjunto um quadro confuso, como alguém que seguisse distraído com o dedo um belo arabesco cujos traçados obedecessem a leis estranhas.

Depois, subitamente, os dois romperam.

Por uma tolice, conforme Törless reconheceu mais tarde.

Haviam, enfim, discutido sobre questões religiosas. E nesse momento tudo aconteceu: como se fosse algo independente de Törless, seu raciocínio jorrara incontrolavelmente sobre o delicado príncipe. Cobriu-o de zombarias racionalistas, destruiu como um bárbaro a construção de filigrana na qual a alma do outro habitava. Separaram-se cheios de ira.

Desde então nunca mais trocaram uma palavra. Obscuramente, Törless sabia que cometera algo insensato e, obscuramente, reconhecia, mais por intuição, que o bastão do racionalismo destruíra na hora errada algo delicado e fascinante. Ele, porém, não conseguira controlar-se.

Uma espécie de saudade das coisas antigas restaria dentro de si provavelmente para sempre; por enquanto, parecia ter embarcado em outra correnteza, que cada vez mais o afastaria de tudo aquilo.

Passado algum tempo, o príncipe retirou-se do internato, onde nunca se sentira bem.

Agora tudo se tornara vazio e monótono para Törless. Nesse ínterim, iniciara-se e crescera, obscuro e paulatino, o seu amadurecimento sexual. Nessa fase travou algumas amizades novas, que mais tarde teriam a maior importância, como, por exemplo, Beineberg e Reiting, Moté e Hofmeier, exatamente os rapazes com quem hoje Törless acompanhava os pais até a estação.

Singularmente eram os piores da classe, talentosos e de boas famílias, embora selvagens e violentos, às vezes até grosseiros. Talvez Törless apreciasse a companhia deles devido à sua insegurança, muito grande desde que se afastara do príncipe. Tratava-se mesmo de uma continuação direta desse afastamento, pois, como este, significava medo de emoções demasiadamente sutis, medo que o distinguia dos outros colegas, saudáveis, fortes e nada complicados.

Törless entregou-se inteiramente à influência deles, pois sua condição espiritual era mais ou menos a seguinte: em sua idade lia-se no ginásio Goethe, Schiller, Shakespeare, talvez até os modernos. Coisas que, semidigeridas, mais tarde são exteriorizadas por escrito, e surgem tragédias romanas ou poemas sentimentais, páginas inteiras de pontuação semelhante a uma renda delicada: coisas em si tolas, conquanto inestimáveis para que se tenha um desenvolvimento seguro. Pois essas associações, vindas de fora, essas emoções tomadas de empréstimo, ajudam os jovens a caminhar sobre o solo espiritual excessivamente macio desses anos, nos quais eles têm necessidade de descobrir o sentido de si próprios, ainda que imaturos demais para fazerem qualquer sentido. Não importa que alguns guardem vestígios disso e outros não; mais tarde, todos aprenderão a conviver consigo próprios. O perigo reside apenas na idade de transição. Se nessa fase pudéssemos fazer o adolescente ver o quanto é ridículo, o chão se abriria sob seus pés e ele despencaria como um sonâmbulo que, subitamente despertado, não vê senão um vácuo à sua frente.

Essa ilusão, esse pequeno truque em favor da evolução espiritual dos jovens, era o que faltava no internato.

Havia nas prateleiras coleções de clássicos bem considerados, embora maçantes. Havia também novelas sentimentais e alguns livros de aventuras militares, de humor duvidoso.

O pequeno Törless, faminto por leituras, devorava tudo isso, e o conteúdo romântico de uma ou outra daquelas novelas de vez em quando permanecia algum tempo em sua mente; mas nada exerceu verdadeira influência em sua personalidade.

Nessa época parecia que ele não tinha personalidade.

Por exemplo, influenciado por essas leituras, escreveu contos ou começou uma epopeia romântica. Excitado com os sofrimentos amorosos de seus heróis, seu rosto ficava vermelho, seu pulso se acelerava, os olhos brilhavam.

Mal, porém, largava a caneta, tudo acabava; era como se seu espírito só vivesse durante a emoção. Era capaz de rabiscar um poema ou conto sempre que lhe pedissem. Excitava-se, mas nunca levava isso muito a sério, e essa atividade não lhe parecia importante. Não mudava em nada sua pessoa, era como se o que escrevia nem brotasse dele. Apenas, sob alguma pressão externa, tinha emoções que se erguiam acima da indiferença habitual, como um ator necessita do estímulo de determinado papel para representar bem.

Eram apenas reações intelectuais. Mas aquilo que chamamos caráter, ou alma, o contorno ou o timbre de um ser humano, aquilo, enfim, que faz com que pensamentos, atos ou decisões pareçam menos importantes, casuais, inessenciais, aquilo que, por exemplo, ligara Törless ao príncipe para além de qualquer juízo racional, aquele pano de fundo último e imóvel — isso perdera-se totalmente nessa época.

Em seus colegas, esse pano de fundo era a alegria do esporte, um primitivo prazer de viver que os levava a nem sentir necessidade de coisa alguma a mais, assim como, nos tempos de colégio, brincar com a literatura nos livra de outros desejos.

Törless, contudo, possuía excessiva inclinação pelas coisas do espírito para ser como os colegas e percebia agudamente que eles eram ridículos com as falsas emoções provocadas pela vida no colégio, que constantemente nos obriga a nos meter em brigas e discussões. Assim, sua personalidade adquiriu um quê de indefinido, um desamparo íntimo que não lhe permitia encontrar o caminho de si mesmo.

Ligava-se aos novos amigos porque a selvageria deles o impressionava. Ambicioso, vez por outra tentava, inclusive, superá-los, embora ficasse sempre na metade. Por isso, zombavam dele.

Na verdade, nessa fase crítica, toda a sua vida constava do renovado esforço de imitar os colegas rudes e mais viris, e de uma profunda indiferença interior em relação a esse esforço.

Os pais o visitavam, e, quando se achava a sós com eles, Törless mantinha-se calado e tímido. Esquivava-se às ternas carícias da mãe, sempre com uma desculpa. No fundo, teria gostado de entregar-se a elas, mas sentia vergonha, como se os olhos dos camaradas estivessem fitos nele.

Os pais encararam isso como falta de jeito, própria da adolescência.

À tarde reunia-se todo o ruidoso bando. Jogavam cartas, comiam, bebiam, contavam anedotas sobre os professores e fumavam os cigarros que o conselheiro trouxera de casa.

Essa alegria deixava os pais calmos e contentes.

Não sabiam que ao mesmo tempo, Törless passava por horas bastante diversas, ultimamente cada vez mais frequentes. Havia momentos em que a vida no internato se lhe tornava totalmente indiferente. A massa de suas preocupações diárias desfazia-se; as horas de sua vida se desagregavam sem laço interior que as ligasse.

Não raro sentava-se imerso em sombrias reflexões, como que debruçado sobre si mesmo.

※

Também dessa vez a visita fora de dois dias. Haviam comido, fumado, feito um passeio de carruagem; agora o trem expresso levaria o casal de regresso para casa.

Um leve rumor nos trilhos anunciava sua chegada, e o sino no alto da estação retinia impiedosamente no ouvido da esposa do conselheiro.

— Então, caro Beineberg, você vai tomar conta do meu menino? — perguntou o conselheiro Törless ao jovem barão Beineberg, rapaz compridão e ossudo, as orelhas muito salientes, mas olhos expressivos e inteligentes.

O pequeno Törless mostrou uma expressão mal-humorada ante a possibilidade dessa tutela, e Beineberg sorriu com vaidade e um pouco de alegria malévola.

— Aliás — continuou o conselheiro —, desejo pedir a todos que, caso aconteça algo ao meu menino, me avisem.

Isso levou o jovem Törless a dizer, com infinito aborrecimento, "Mas, papai, o que pode me acontecer?", embora estivesse habituado a suportar o excesso de preocupações dos pais a cada despedida.

Os outros bateram os calcanhares, puxando para o lado os espadins, e o conselheiro acrescentou imediatamente:

— Nunca se sabe o que pode acontecer, e a ideia de ser avisado logo me deixa muito mais tranquilo; afinal, você pode ficar impossibilitado de escrever.

O trem chegou. O conselheiro Törless abraçou o filho, a sra. Von Törless apertou o véu contra o rosto para esconder as lágrimas, os amigos agradeceram, um depois do outro, e o condutor fechou a porta do vagão.

O casal viu mais uma vez a fachada dos fundos do internato, alta e nua — o longo muro que rodeava o parque, e depois, à direita e à esquerda, apenas campos de um marrom-acinzentado e algumas árvores frutíferas solitárias.

※

Os jovens saíram da estação. Caminhavam em duas filas em ambos os lados da rua — assim pelo menos escapavam ao pó mais grosso e renitente —, em direção à cidade, quase sem conversar.

Passava das cinco horas, e um prenúncio de noite, grave e frio, baixava sobre os campos.

Törless ficou infinitamente triste.

Talvez fosse pela partida dos pais, talvez fosse apenas a melancolia recôndita e sombria que pousava agora por toda a natureza e a poucos passos manchava os objetos com suas cores pesadas e foscas.

Essa mesma terrível monotonia, que pairara por toda parte durante a tarde, rastejava agora pela planura, e atrás dela, como um rastro de visgo, o nevoeiro grudava-se nos campos lavrados e nas plantações cinzentas de beterrabas.

Törless não olhava à direita nem à esquerda, mas sentia tudo isso. Passo a passo nos rastros que os pés dos rapazes à sua frente acabavam de abrir em meio à poeira — era o ritmo em que sentia tudo isso, como se *tivesse* de ser assim: uma pressão férrea, que inseria e comprimia toda a sua vida naquele movimento — passo a passo —, naquela linha, naquela estreita faixa de pó.

Quando pararam numa encruzilhada, onde um segundo caminho atravessava o deles num terreno circular muito pisoteado, e um marco apodrecido erguia-se torto no ar, essa linha contrária à paisagem pareceu a Törless um grito de desespero.

Seguiram em frente. Törless pensava nos pais, em conhecidos, na vida. A essa hora estariam se vestindo para um encontro ou para o teatro. Depois iriam a um restaurante, ouviriam uma orquestra, entrariam num café. Travariam relações com pessoas interessantes. Uma aventura amorosa manteria a expectativa acesa até o amanhecer. E a vida girando como uma roda maravilhosa, produzindo sempre coisas novas e inesperadas...

Törless suspirava ao pensar nisso; a cada passo que o aproximava do internato, alguma coisa se fechava mais apertadamente dentro dele.

Já ouvia a sineta do colégio. Não havia nada que temesse tanto quanto esse sinal, que determinava irreversivelmente o fim do dia — como um brutal corte de faca.

Ele não tinha experiências especiais, sua vida modorrava numa constante indiferença, e o toque do sino acrescentava a isso um tom sarcástico, provocando nele um impotente ódio de si mesmo, de seu destino e do dia que assim estava sendo enterrado.

Agora você não poderá ter mais nenhuma experiência, durante doze horas não viverá nada, por doze horas estará morto — era esse o significado do toque daquele sino.

※

Quando o grupo de jovens chegou às primeiras casas baixas, que pareciam cabanas, esse estado de melancolia abandonou Törless. Como que dominado por súbito interesse, ergueu a cabeça e olhou atentamente para o interior sombrio das casinholas sujas pelas quais passavam.

Diante da maioria das portas postavam-se mulheres, em aventais e blusões grosseiros, com largos pés sujos, braços morenos e nus.

Se eram jovens e rijas, os rapazes lhes lançavam piadas em língua eslava. Elas davam-se cotoveladas e soltavam risadinhas, por causa dos "jovens senhores"; de vez em quando uma delas soltava um grito quando o rapaz que passa roçava-lhe com excessiva força os seios, ou respondia, com um insulto e uma risada, a algum tapa na coxa. Muitas apenas seguiam com olhar grave e cheio de ira o grupo apressado; e o camponês que por acaso chegasse ali sorria encabulado — meio inseguro, meio bonachão. Törless não participava dessas atitudes atrevidas, precocemente viris dos amigos.

O motivo residia em parte na sua relativa timidez em assuntos de sexo, como acontece a quase todos os filhos únicos; esse comportamento, porém, devia-se sobretudo às suas tendências sensuais peculiares, mais secretas, mais poderosas e mais sombrias do que as de seus amigos, manifestando-se com maior dificuldade.

Enquanto os outros agiam despudoradamente com as mulheres, mais para se mostrarem "espertos" do que por desejo, a alma do pequeno e silencioso Törless se revoltava, açoitada por um verdadeiro despudor.

Ele espreitava o interior das casas através das janelinhas e das tortuosas entradas, com olhos tão ardentes que durante todo esse tempo sentia uma espécie de fina rede dançando à sua frente.

Crianças quase nuas rolavam na sujeira dos pátios, a saia de uma mulher no trabalho deixava à mostra a curva interna do joelho, ou um seio pesado fazia esticar as pregas do blusão de linho. E como se tudo isso se desenrolasse numa atmosfera completamente diversa, animalesca e opressiva, do umbral das portas emanava um ar denso e lascivo que Törless aspirava avidamente.

Pensou nos antigos quadros que vira em museus, sem entendê-los bem. Esperava alguma coisa, como sempre esperara diante daquelas pinturas... Algo que jamais acontecia... O quê? Algo surpreendente, jamais visto; uma visão monstruosa, da qual não tinha a menor ideia; uma terrível sensualidade animal; que o pegasse pelas unhas e o dilacerasse, começando pelos olhos; uma experiência que... devesse se ligar... de uma forma ainda muito imprecisa... aos vestidos sujos das mulheres, com suas mãos grossas e a miséria de seus quartinhos, com a lama dos quintais... Não, não; nesses momentos ele percebia apenas a rede chamejante diante dos olhos; as palavras não exprimem isso; não é tão ruim como as palavras o fazem parecer; é algo mudo... um nó na garganta... um pensamento quase imperceptível, que só brota quando a todo custo se quer dizê-lo em palavras; mas então seria parecido apenas de longe, como algo imensamente aumentado, onde não somente se vê tudo mais nítido, mas também se percebem coisas que sequer existem... Ainda assim, aquilo o envergonhava.

— O menininho está com saudades de casa? — zombou de repente Von Reiting, compridão e dois anos mais velho, notando o silêncio e os olhos melancólicos de Törless. Este sorriu, um sorriso forçado e tímido, e teve a impressão de que o maldoso Reiting espreitara o que se passava em seu interior.

Não respondeu. Tinham chegado à praça da igreja da pequena cidade, quadrada e calçada com pedras arredondadas, e ali separaram-se.

Törless e Beineberg ainda não queriam voltar ao internato, e os outros, sem licença para ficar fora mais tempo, tiveram de regressar.

Entraram na confeitaria.

Sentaram-se numa mesinha redonda, junto da janela que dava para o jardim, debaixo de uma luminária a gás cujas lâmpadas zumbiam quase em silêncio por trás das mangas de vidro leitoso.

Acomodaram-se confortavelmente, fumaram cigarros, comeram doces e saborearam o prazer de serem os únicos fregueses. Pois só nos compartimentos dos fundos talvez houvesse algum freguês solitário diante de um copo de vinho; na frente tudo estava quieto, e até a garçonete gorda e idosa parecia dormir atrás do balcão.

Törless olhava vagamente pela janela para o jardim vazio, em que anoitecia devagar.

Beineberg falava. Da Índia. Como de hábito. Pois seu pai, que era general, estivera lá a serviço no Exército britânico quando jovem oficial. Como os demais europeus, trouxera não apenas esculturas, tecidos e pequenos ídolos manufaturados para turistas, mas também sentira e guardara em si algo do misterioso, bizarro, sombrio budismo esotérico. E passara ao filho, desde a infância, o que aprendera e o que mais tarde lera a respeito.

Aliás, suas leituras eram singulares. Oficial da cavalaria, não apreciava livros. Desprezava romances e filosofia. Quando lia, não queria ser obrigado a refletir sobre opiniões diferentes e questões polêmicas; já ao abrir os livros, esperava, por assim dizer, penetrar por uma passagem secreta no cerne de conhecimentos especiais. Era preciso que fossem livros cuja mera posse já significasse uma distinção oculta, a garantia de revelações supraterrenas. E só encontrava isso nos livros de filosofia indiana, que para ele pareciam não ser apenas livros, mas revelações, realidades — chaves de mistérios, assim como os textos de alquimia e magia da Idade Média.

Esse homem sadio e dinâmico, que cumpria severamente o seu ofício, que cavalgava seus cavalos quase todos os dias, à noite gostava de se trancar com esses livros.

Escolhia uma página ao acaso e ficava pensando se naquele momento não se lhe revelaria o seu sentido mais remoto. Jamais se desapontava, embora tivesse de reconhecer que nunca ultrapassara o pórtico da entrada daquele templo sagrado.

Assim, esse homem rijo, queimado de sol e habituado ao ar livre carregava consigo uma espécie de mistério esotérico. Sua convicção de, a cada noite, defrontar-se com uma revelação avassaladora conferia-lhe uma superioridade recôndita. Seus olhos não eram sonhadores, mas impassíveis e duros. O hábito de ler livros em que nenhuma palavra podia ser tirada de seu lugar sem alterar o significado oculto do texto, a avaliação prudente e atenta de cada frase em busca de seu sentido e até de seu duplo sentido, deram a seus olhos essa expressão particular.

Só de vez em quando seus pensamentos se perdiam num nevoeiro de suave melancolia. Acontecia quando pensava no culto secreto ligado aos originais dos textos que tinha à sua frente, nos milagres que haviam emanado deles, emocionando milhares de seres humanos que, devido à grande distância que os separava dele, lhe pareciam seus irmãos, ao passo que as pessoas ao seu redor, às quais via com todos os detalhes, pareciam-lhe desprezíveis. Nesses momentos ficava mal-humorado. Oprimia-o a ideia de estar condenado a viver longe das fontes das forças sagradas, de seus esforços estarem condenados a talvez fracassar diante das circunstâncias desfavoráveis em que se achava. Contudo, após permanecer sentado algum tempo sombriamente com seus livros, começava a ter uma sensação singular. A melancolia não se aliviava; ao contrário, a tristeza aumentava mais, só que já não o oprimia. Sentia-se mais abandonado do que nunca, como que num posto perdido. Sob essa dor, porém, vicejava um prazer muito refinado, orgulho de estar fazendo uma coisa estranha, de servir a uma divindade incompreendida. E então, transitoriamente, rebrilhava em seus olhos uma luz que evocava o desvario do êxtase religioso.

Beineberg falara até se cansar. A imagem de seu estranho pai continuava a viver nele, numa espécie de reprodução aumentada e distorcida. Cada traço fora mantido. No entanto, aquilo que no pai originariamente fora talvez apenas um capricho, conservado e cultivado pela sua exclusividade, no filho crescera, assumindo a forma de uma fantástica esperança. Essa característica do pai, que para ele significava talvez o último refúgio da individualidade que toda pessoa deve criar — ainda que, por exemplo, se limite à escolha das roupas — a fim de possuir ao menos uma coisa que a distinga das demais, nele se tornara a firme crença de que poderia dominar os outros através de forças espirituais incomuns.

Törless conhecia de sobra essas conversas, que passavam por ele sem atingi-lo.

Nesse momento, afastara os olhos da janela e contemplava Beineberg, que preparava um cigarro. Sentiu voltar a estranha má vontade que às vezes manifestava em relação a ele. As mãos morenas e finas, que agora enrolavam habilmente o tabaco no papel, eram belas. Dedos magros, unhas ovais e convexas: havia nelas certa nobreza. E nos olhos castanho-escuros. E na magreza do corpo todo. Não obstante, as orelhas eram muito proeminentes, o rosto pequeno e irregular, e a cabeça lembrava a de um morcego. Ainda assim — Törless sentia-o claramente, avaliando esses detalhes —, não eram os traços feios mas os mais dotados que estranhamente o inquietavam.

A magreza do corpo — o próprio Beineberg costumava elogiar como seu modelo as esbeltas pernas de aço dos campeões de olimpíadas de Homero — não surtia efeito sobre ele. Törless nunca pensara muito nisso, e nesse momento não lhe ocorreu nenhuma comparação satisfatória. Gostaria de olhar atentamente Beineberg, mas este perceberia, e ele teria de iniciar um tipo de conversa qualquer. Mas, em parte contemplando-o, em parte completando a imagem pela fantasia, ocorreu-lhe a comparação. Imaginando-o sem as roupas, era-lhe totalmente impossível pensar num corpo esbelto e calmo; diante de seus olhos surgiam instantaneamente movimentos inquietos e oscilantes, um retorcer dos membros e um entortar da espinha, como se vê nas pinturas de mártires ou nos grotescos espetáculos de acrobatas nas feiras.

Também as mãos, que ele podia ter lembrado fazendo um gesto harmonioso, eram imaginadas como um feixe de dedos móveis. E exatamente neles, que eram na verdade o que Beineberg tinha de mais belo, concentrava-se a mais intensa repulsa. Esses dedos mostravam algo de despudorado. Provavelmente era a comparação mais acertada. E havia também algo de despudorado na impressão de movimentos tortos que o corpo dava. Apenas isso parecia concentrar-se de certa forma nas mãos, parecia emanar delas como o pressentimento de um toque — coisa que fazia um desagradável arrepio correr pela pele de Törless. Ele próprio admirou-se dessa ideia, e ficou um pouco assustado. Pois era a segunda vez nesse dia que algo sexual, inesperado e desconexo se enfiara no meio de seus pensamentos.

Beineberg pegara um jornal; agora Törless podia contemplá-lo melhor.

Com efeito, nada havia ali que pudesse justificar a súbita associação de ideias.

Apesar, porém, de infundado, o mal-estar aumentava cada vez mais. Não se tinham passado dez minutos de silêncio entre ambos, Törless sentia sua repulsa chegar ao máximo. Pela primeira vez pareceu manifestar-se entre ele e Beineberg uma relação fundamental; uma desconfiança que há muito existia, meio oculta, pareceu de repente assomar à consciência.

A atmosfera entre os dois jovens tornava-se cada vez mais tensa. Insultos para os quais sequer sabia as palavras subiam à garganta de Törless. Uma espécie de vergonha o inquietava, como se entre ele e Beineberg houvesse realmente acontecido alguma coisa. Seus dedos começaram a tamborilar na mesa.

※

Por fim, voltou a olhar pela janela, para livrar-se da estranha situação.

Beineberg ergueu o olhar do jornal; depois leu alto uma passagem qualquer, largou a folha e bocejou.

Junto com o silêncio, rompera-se também a tensão de Törless. Palavras ditas ao acaso correram por cima do instante, anulando-o. Fora apenas um súbito sinal de alerta, seguido pela antiga indiferença...

— Quanto tempo ainda temos? — perguntou Törless.

— Duas horas e meia.

Ele ergueu os ombros, friorento. Sentia outra vez a paralisante violência da constrição na qual teria de entrar. O horário, o trato diário com os amigos. Sequer essa repulsa por Beineberg voltaria, a qual por um momento parecera ao menos ter criado uma situação nova.

— O que teremos para o jantar?

— Não sei.

— Que matérias teremos amanhã?

— Matemática.

— Ah, é? E temos lições para estudar?

— Sim, uns trechos novos de trigonometria, mas você vai acertar tudo. Não há novidade.

— O que mais?

— Religião.

— Religião? Ah, é. Vamos ver... Acho que, quando estou animado, posso provar com a mesma facilidade tanto que dois mais dois são cinco quanto que só pode existir um Deus...

Beineberg encarou Törless com ironia.

— Você é muito engraçado; acho até que se diverte com isso; pelo menos, há um brilho de entusiasmo em seus olhos...

— E por que não? Não é bonito? Há sempre um momento em que não sabemos mais se estamos mentindo ou se o que inventamos é mais verdadeiro do que nós mesmos. Bem, não quero dizer textualmente. A gente sempre sabe que está mentindo; apesar disso, a coisa de repente parece tão plausível que de certa forma a gente para, enredado nos seus próprios pensamentos.

— Sim, mas o que o diverte nisso?

— Exatamente isso. Um sobressalto, uma tonteira, um susto varam nossa mente...

— Ora, pare com essas bobagens.

— Eu não disse que não são bobagens. Ainda assim, é isso que acho mais interessante nas aulas.

— Uma espécie de ginástica mental, só que não faz sentido.

— Não — disse Törless, e voltou a olhar o jardim.

Longe, às suas costas, ouvia o chiado das chamas de gás. Uma sensação melancólica, como um nevoeiro, brotava nele.

— Não faz sentido. Você tem razão. Mas não devemos dizer isso a nós mesmos. Tudo o que fazemos o dia inteiro na escola... O que, na verdade, faz algum sentido? De que nos adianta? Quero dizer, de que adianta para nós, entende? À noite, sabemos que vivemos mais um dia, que aprendemos isto e aquilo, cumprimos o horário, mas permanecemos vazios, quero dizer, vazios por dentro, e continuamos com uma fome interior...

Beineberg resmungou qualquer coisa sobre exercitar-se, preparar o espírito... ainda não estar pronto para começar algo... deixar para mais tarde...

— Preparar? Exercitar-se? Para quê? Você sabe algo determinado? Talvez espere algo, mas também não tem nenhuma certeza do que seja. A coisa é assim. Uma eterna espera de algo do qual nada sabemos senão isto: que estamos à sua espera... É tão aborrecido...

— Aborrecido... — repetiu Beineberg devagar, balançando a cabeça.

Törless ainda contemplava o jardim. Pensou ouvir o farfalhar das folhas murchas que o vento acumulava varrendo o chão. Depois chegou o momento de silêncio intenso que sempre antecede a escuridão total. As formas, cada vez mais acolchoadas em meio às trevas, e as cores manchadas pareceram deter-se por um segundo, prendendo a respiração...

— Escute, Beineberg — disse Törless, sem se virar —, durante o anoitecer há momentos singulares. Sempre que observo, me vem a mesma lembrança. Eu era ainda muito pequeno, quando um dia brincava na floresta a essa hora. A criada tinha se afastado; eu não sabia, pensava que ela ainda estivesse perto de mim. De repente, algo me forçou a erguer os olhos. Senti que me achava só. Tudo estava quieto. E quando olhei em volta, foi como se as árvores estivessem dispostas num círculo silencioso, me encarando. Comecei a chorar; sentia-me completamente abandonado, entregue àquelas grandes criaturas imóveis... O que será isso? Sinto-o muitas vezes. Esse silêncio repentino, como uma linguagem inaudível...

— Não sei do que você está falando; mas por que as coisas não teriam sua linguagem? Afinal, não podemos afirmar com certeza que elas não tenham alma!

Törless não respondeu. A especulação conceitual de Beineberg não lhe agradava.

Depois de algum tempo, o outro começou:

— Por que você fica sempre olhando pela janela? O que está vendo?

— Ainda estou pensando; o que poderia ser?

Na verdade, porém, ele já pensava em outra coisa, apenas não queria admitir. A tensão, à espreita de um mistério grave, e a responsabilidade de lançar o olhar sobre relações da vida ainda não sabidas! Só pudera suportar isso por um momento. Depois dominara-o novamente a sensação de solidão e abandono que sempre se seguia a esse esforço excessivo. Ele pressentia: existe algo aí ainda muito difícil para mim; e seus pensamentos refugiavam-se em outra coisa, contida naquela sensação, e que de certa forma permanecia à espreita, ao fundo: a solidão.

    Uma ou outra folha vinha do jardim deserto e, dançando, batia na janela, traçando um risco claro na escuridão. Esta parecia recuar, encolher-se e, no momento seguinte, avançar outra vez, postando-se diante da janela como uma parede hirta. Essa treva era um mundo à parte. Descera sobre a Terra como uma horda de seres negros, derrubando ou escorraçando as pessoas, ou, de alguma outra forma, anulando qualquer rastro delas.

    E Törless ficava contente com isso. Nesses momentos não apreciava os seres humanos, os que eram adultos. Jamais gostava deles quando escurecia. Habituara-se a cancelar as pessoas de seus pensamentos nessas horas. O mundo então lhe parecia uma casa desabitada e sombria, um calafrio atravessava seu peito, como se agora precisasse procurar de sala em sala — aposentos escuros, nunca se sabia o que se ocultava nos cantos —, passar pelos umbrais, tateando, nenhum pé jamais pisaria ali senão o dele, até... chegar a um quarto cujas portas se abriam e fechavam sozinhas depois que ele houvesse passado. E depararia com a senhora daquelas hordas negras. E nesse instante todas as portas pelas quais passara se fechariam também, e longe, diante dos muros, ficariam postadas as sombras da noite como eunucos vigilantes, mantendo as pessoas afastadas.

    Era assim a sua solidão, desde aquele dia em que fora abandonado — na floresta, onde chorara tanto. Para ele a solidão tinha encantos de mulher e a face de coisa desnuda. Sentia-a como a uma mulher, mas seu hálito oprimia-lhe o peito, seu rosto levava à vertigem de esquecer todos os rostos humanos, e os gestos de suas mãos eram arrepios sobre o corpo dele...

    Ele receava essa fantasia, pois tinha consciência do seu secreto prazer pervertido, e inquietava-o a ideia de que essas imaginações o dominariam cada vez mais. Mas exatamente quando pensava atingir o estado de maior gravidade e pureza, elas o avassalavam. Podia-se dizer que eram uma reação aos momentos em que esse adolescente adivinhava emoções que já se preparavam, mas para as quais ele ainda era muito jovem. Pois na evolução de toda força moral mais refinada existe esse ponto prematuro, em que ela enfraquece a própria alma cuja mais audaciosa experiência ocorrerá no futuro, como se suas raízes tivessem de mergulhar fundo primeiro e revolver o solo que mais tarde elas sustentarão; esse é o motivo pelo qual jovens com grande futuro geralmente têm um passado rico em humilhações.

A predileção de Törless por certos estados de alma era a primeira indicação de uma característica espiritual que mais tarde se manifestaria como um forte sentimento de admiração. No futuro ele seria praticamente dominado por essa capacidade tão peculiar. Seria forçado a perceber muitas vezes fatos, pessoas e até a si mesmo, como se neles houvesse simultaneamente um enigma insolúvel e uma inexplicável coerência. Tudo lhe parecia palpável, e ainda assim impossível de jamais se resolver em pensamentos ou palavras. Entre os fatos externos e o seu eu, sim; entre suas próprias emoções e o seu eu mais remoto, que ansiava por entendê-las, haveria sempre uma linha divisória que, como um horizonte, recuava ante o seu anseio. Quanto mais minuciosamente tentasse revestir as emoções com ideias, quanto mais as conhecia, mais estranhas e incompreensíveis lhe pareciam, de modo que já nem era como se recuassem diante dele, mas ele próprio se afastava, sem contudo livrar-se da impressão de que se aproximava delas.

Mais tarde, esse estranho e difícil paradoxo ocuparia uma longa fase de sua evolução espiritual, como se quisesse dilacerar sua alma, e por muito tempo ameaçou-a como seu problema máximo.

No momento, porém, a gravidade dessas lutas anunciava-se apenas num súbito, frequente cansaço, assustando Törless de longe, sempre que algum estado de alma mais peculiar — como há pouco — lhe trazia um pressentimento de tudo isso. Sentia-se então impotente como um prisioneiro, um ser abandonado, apartado de si e de todos os demais; tinha desejo de gritar, tamanho era o vazio e o desespero. Em vez disso, afastava-se dessa criatura grave e expectante, torturada e exausta em seu interior, e — ainda assustado por essa renúncia súbita —, deliciando-se com seu hálito quente e pecaminoso, ficava à escuta das sussurrantes vozes da solidão.

De repente, Törless sugeriu que pagassem a conta. Nos olhos de Beineberg reluziu uma compreensão: ele conhecia aquele estado de alma. Törless sentiu um profundo desagrado; sua repulsa por Beineberg reavivou-se; sentia-se profanado por ter algo em comum com ele.

Mas isso praticamente já fazia parte da coisa. O que nos profana é uma solidão a mais, uma outra nova parede de trevas.

E, sem trocarem palavra, seguiram por um certo caminho.

Devia ter chovido um pouco nos últimos minutos — o ar estava úmido e pesado, um halo colorido tremia em torno dos lampiões, poças de água refulgiam aqui e ali no calçamento.

Törless apertou ao corpo a espada que batia no chão; até o ruído dos saltos dos sapatos lhe dava estranhos calafrios.

Passado algum tempo, caminharam em solo macio; tinham deixado o centro da cidade e seguiam em direção ao rio por largas ruas de aldeia.

Por baixo da ponte de madeira, as águas rolavam preguiçosas e negras, com profundos ruídos gorgolejantes. Havia apenas um lampião, com vidros empoeirados e partidos. A claridade da chama inquieta, que se agachava ao sopro do vento, caía vez por outra sobre uma onda e desfazia-se em seu dorso. As toras de madeira da ponte cediam a cada passo, rolando para diante e para trás.

Beineberg parou. A outra margem era densamente arborizada; a estradinha dobrava em ângulo fechado à direita, seguindo ao longo do rio, e as árvores pareciam um muro negro e cerrado. Só procurando cuidadosamente se encontrava uma vereda estreita e recôndita, que seguia em linha reta. Os arbustos densos e viçosos, roçados pelas roupas, soltavam chuveiros de gotas. Depois de algum tempo tiveram de parar e acender um fósforo. Estava tudo quieto, não se ouvia nem o gorgolejar do rio. De repente, veio de longe um som indefinido e alquebrado. Parecia um grito, um aviso. Ou o súbito chamado de uma criatura inarticulada, que logo irromperia por entre os arbustos. Andaram na direção do ruído, pararam, caminharam outra vez. Talvez tenham levado quinze minutos até perceberem, aliviados, vozes altas e o som de uma gaita.

As árvores já não se alinhavam tão juntas, e após alguns passos chegaram à margem de uma clareira. No centro, havia uma construção maciça e quadrada de dois andares.

Era a velha casa de banhos. Outrora considerada pelos moradores da pequena cidade e pelos camponeses dos arredores como lugar para tratamento de saúde, achava-se vazia há muitos anos. Só no andar térreo abrigava uma taverna de péssima fama.

Os dois se detiveram um momento, à escuta.

Törless adiantava o pé para sair dos arbustos, quando pesadas botas rangeram nas tábuas da casa e um bêbado saiu dela com passos inseguros. Atrás dele, na sombra do vestíbulo, apareceu uma mulher. Ouviram-na sussurrar algo com voz rápida e irada, como se exigisse alguma coisa dele. O homem soltou uma gargalhada, balançando as pernas. Depois ouviu-se uma súplica. Mas também era impossível compreender o que dizia. Percebia-se apenas o tom da voz, persuasivo e adulador. A mulher saiu da casa e pôs a mão no ombro do homem. A lua iluminou-a — sua saia de baixo, seu casaco, seu sorriso implorativo. O homem olhava em frente, sacudia a cabeça, mantinha as mãos firmes nos bolsos. Depois cuspiu e empurrou a mulher, que talvez tivesse dito alguma coisa que o desagradasse. Agora era possível entender suas palavras, pois falava mais alto.

— Então você não quer me dar nada? Seu...

— Vá para cima, sua porca!

— O quê? Seu camponês molenga!

Com movimentos pesados, o bêbado pegou uma pedra:

— Se você não sumir imediatamente, idiota, vou amassar sua cabeça!

E ergueu o braço para atirar a pedra. Törless ouviu a mulher fugir pelos degraus acima com um último insulto.

O homem parou quieto por um momento, indeciso, segurando a pedra. Soltou outra gargalhada; olhou o céu, onde a lua cor de vinho e amarela boiava entre nuvens negras; depois encarou fixamente os arbustos escuros, como se pensasse em atacá-los. Törless recolheu o pé cautelosamente, sentindo o pulsar do coração na garganta. Por fim o bêbado pareceu mudar de ideia. Sua mão largou a pedra. Com um riso grosseiro e triunfante, gritou uma frase indecente para as janelas no alto e dobrou pelo canto da casa.

Os dois ainda estavam imóveis.

— Você a reconheceu? — sussurrou Beineberg. — Era Bozena.

Törless não respondeu; escutava para ver se o bêbado não voltaria. Depois Beineberg empurrou-o para a frente. Com alguns saltos rápidos e cuidadosos passaram pelo retângulo de luz que vinha das janelas do térreo e entraram no sombrio vestíbulo da casa. Uma escada de madeira estreita e retorcida levava ao primeiro andar. Deviam ter ouvido os passos deles nos degraus rangentes, ou talvez uma das espadas tivesse batido contra a madeira — a porta do salão da taverna abriu-se e alguém veio ver quem estava na casa, enquanto a gaita silenciava e a zoeira de vozes se interrompia por um momento, à espera.

Törless, assustado, encolheu-se na curva da escada. Mas pareciam tê-lo percebido mesmo na escuridão, pois, enquanto a porta se fechava outra vez, ouviu a voz irônica da taverneira dizer qualquer coisa seguida de grandes risadas.

O primeiro andar, onde os degraus terminaram, estava totalmente escuro. Nem Törless nem Beineberg atreveram-se a dar mais um passo, pois receavam derrubar alguma coisa, fazendo barulho. Impelidos pela excitação, tatearam em busca do trinco da porta.

✺

Bozena era uma jovem do campo quando viera à cidade trabalhar como criada e, mais tarde, camareira.

No começo, saiu-se bastante bem. Suas maneiras de camponesa, que conservou assim como o andar largo e firme, garantiam-lhe tanto a confiança das patroas, que apreciavam a simplicidade do seu cheiro de curral, quanto o amor dos patrões, que consideravam aquilo um perfume. Possivelmente por capricho, talvez por insatisfação e obscuro anseio de paixões, ela deixara essa vida cômoda. Tornou-se garçonete, adoeceu, encontrou refúgio num elegante bordel e, aos poucos, à medida que a vida desregrada a desgastava, foi sendo cada vez mais devolvida à província.

Morava ali há vários anos, não longe de sua aldeia natal, ajudando a servir na taverna durante o dia, à noite lendo romances baratos, fumando cigarros e recebendo vez por outra a visita de algum homem.

Ainda não se tornara realmente feia, embora seu rosto fosse chocantemente desprovido de qualquer emoção e ela se esforçasse por intensificar essa impressão. Gostava de fazer pensar que conhecia muito bem a elegância e a vida do mundo aristocrático, mas que já se cansara daquilo tudo. Gostava de dizer que se lixava para essas coisas; aliás, para todas as coisas. Apesar de relaxada, gozava de certa fama entre os filhos dos camponeses dos arredores. Cuspiam no chão quando falavam nela, sentiam-se na obrigação de se mostrarem mais brutais com ela do que com outras moças, mas no fundo tinham grande orgulho daquela "criatura maldita", que saíra do seu meio e dera uma boa olhada no mundo lá fora... Sozinhos, e disfarçadamente, acabavam por vir distrair-se com ela. Com isso Bozena sentia um resto de orgulho e satisfação na vida. Talvez, porém, lhe proporcionassem satisfação ainda maior os jovens senhores do internato. Era para eles que exibia seus atributos mais crus e repelentes, pois — como costumava dizer — de qualquer modo esses rapazes viriam rastejando até ela.

Quando os dois amigos entraram, estava deitada na cama, fumando e lendo como de hábito.

Ainda parado no umbral, Törless sorveu sua figura com olhos ávidos.

— Meu Deus, que doces menininhos são esses? — exclamou, zombando dos dois, a quem examinou com desprezo. — Ei, barão! O que não vai dizer sua mamãezinha?

Era esse o seu jeito de começar uma conversa.

— Ora, cale a boca! — resmungou Beineberg, sentando-se na cama.

Törless, por sua vez, sentou-se a certa distância; estava aborrecido porque Bozena não ligara para ele, fazendo como se nem o conhecesse.

As visitas a essa mulher haviam-se tornado sua única e secreta alegria nos últimos tempos. No fim da semana, inquietava-se e mal podia esperar pelo domingo à noite, quando se esgueirava até ali. O que mais o interessava era exatamente ter de se esgueirar. E se há pouco, por exemplo, o sujeito bêbado tivesse a ideia de vir atrás dele, só pelo desejo de dar uma surra no senhorzinho devasso? Não era covarde, mas sabia que estaria indefeso. Diante daqueles punhos grosseiros, seu espadim parecia-lhe ridículo. Além disso, a vergonha e o castigo que teria recebido! Só lhe restaria sair correndo ou pedir misericórdia. Ou refugiar-se sob a proteção de Bozena. Essa ideia lhe dava arrepios. Mas era isso! Apenas isso! Nada mais! Esse medo, esse abandono de si mesmo atraíam-no cada vez mais. Sair de sua posição privilegiada e meter-se entre as pessoas vulgares, abaixo delas — descer mais fundo do que elas!

Não era um devasso. Quando agia assim, ficava dominado pela repulsa contra seu ato e o medo das consequências. Era só sua fantasia que seguia um caminho mórbido. À medida que os dias da semana, um após o outro, se depositavam como chumbo sobre sua vida, aqueles encantos corrosivos começavam a atraí-lo. As lembranças de suas visitas se aglutinavam numa tentação única. Bozena aparecia-lhe como uma criatura de inacreditável baixeza, e sua relação com ela, a sensação que era obrigado a suportar, parecia-lhe um cruel culto de sacrifício a si próprio. Excitava-o ter de abandonar tudo aquilo em que normalmente estava encerrado, sua posição privilegiada, as ideias e os sentimentos que lhe impunham, tudo aquilo que nada lhe dava, que apenas oprimia. Excitava-o escapar para junto daquela mulher, nu, despojado de tudo.

Com todos os rapazes era assim. Se Bozena fosse bela e pura, e ele fosse capaz de amar nessa época, talvez a mordesse toda, exasperando até a dor o seu prazer sexual e o dela. Pois a primeira paixão adolescente não é amor por uma pessoa, e sim o ódio a todas as pessoas. Sentir-se incompreendido e não compreender o mundo não é o efeito de uma primeira paixão, mas sua causa. A paixão é apenas um refúgio, no qual estar com o outro significa solidão duplicada.

Quase sempre a primeira paixão pouco perdura e deixa um ressaibo amargo. Trata-se de um logro, uma decepção. Quando ela passa, não compreendemos como fomos capazes de tudo aquilo, nem sabemos a quem culpar. Isso acontece porque as personagens desse drama em geral se encontram por acaso: eventuais companheiros de uma fuga enlouquecida. Apaziguados, não se reconhecem mais. Percebem que são diferentes, porque já não se dão conta do que têm em comum.

A diferença em relação a Törless era que ele ficava sozinho. A prostituta aviltada e envelhecida não conseguia desencadear todas essas forças dentro dele. Mas era bastante fêmea para trazer prematuramente à tona partículas do seu mundo interior, que, como sementes em vias de amadurecer, ainda aguardavam o instante de fecundação.

Eram peculiares as suas imaginações e fantásticas as tentações. Muitas vezes, porém, ele desejava jogar-se no chão e gritar de desespero.

※

Bozena ainda não dera atenção a Törless. Parecia proceder assim por maldade, apenas para aborrecê-lo. De repente interrompeu-se:

— Me deem dinheiro, vou buscar chá e aguardente.

Törless passou-lhe uma das moedas de prata que ganhara da mãe naquela tarde.

A mulher pegou um fogareiro amassado no peitoril da janela e acendeu-o; depois desceu a escada, devagar, arrastando os pés.

Beineberg deu uma cotovelada em Törless:

— Por que você está tão sem graça? Ela vai pensar que está com medo.

— Deixe-me fora dessa jogada — pediu Törless. — Não estou disposto. Converse você com ela. Aliás, por que ela fala todo o tempo em sua mãe?

— Desde que sabe meu nome, afirma que trabalhou certa vez para minha tia e conheceu minha mãe. Em parte parece verdade, em parte ela certamente está mentindo... só para se divertir. Mas não entendo por que isso a diverte.

Törless ficou vermelho; tivera uma ideia singular. Mas Bozena voltou com a aguardente e sentou-se outra vez na cama ao lado de Beineberg. Logo retomou a conversa anterior.

— Sim, sua mamãezinha foi uma moça linda. Você não se parece em nada com ela, com essas orelhas de abano. Ela também era muito alegre. Sem dúvida havia uma porção de homens atrás dela. E ela estava certa.

Depois de uma pausa, pareceu lembrar-se de algo divertido:

— Seu tio, aquele oficial dos dragões, lembra? Acho que se chamava Karl, era primo de sua mãe, e naquele tempo ele a cortejava! Mas nos domingos, quando as damas estavam na igreja, ele me procurava. E eu tinha de lhe levar coisas para o quarto toda hora. Era muito distinto, disso eu lembro, mas não tinha nenhuma vergonha... — Ela sublinhou essas palavras com uma risada expressiva. Depois alongou-se sobre o assunto, que obviamente a divertia muito. Usava um tom vulgar, pronunciando as palavras como se quisesse sujá-las. — Quero dizer, sua mãe também gostava dele. Se ela soubesse! Acho que sua tia me teria posto na rua e a ele também. É assim que são essas damas finas quando ainda não têm um homem. Querida Bozena, faça isso; querida Bozena, faça aquilo; era assim o dia todo. Quando a cozinheira engravidou, você devia ter ouvido o que disseram! Acho que pensavam que nós criadas só lavávamos os pés uma vez por ano. Não falaram nada com a cozinheira, mas eu as escutava quando trabalhava no quarto enquanto elas conversavam. Sua mãe fazia uma cara, como se preferisse beber só água-de-colônia. E sua tia logo depois também ficou com uma barriga que subia até o nariz...

Enquanto Bozena tagarelava assim, Törless sentia-se abandonado, desamparado, àquelas alusões vulgares.

Via diante de si tudo o que ela descrevia. A mãe de Beineberg tornou-se a sua própria mãe. Recordou os claros aposentos da casa paterna. Os rostos bem tratados, puros e inatingíveis, que em casa, nos jantares, não raro lhe provocavam temor. As mãos aristocráticas e frias, que nem mesmo ao comer pareciam perder nada de sua dignidade. Ocorria-lhe uma porção desses detalhes, e ele envergonhou-se de se achar naquele quarto malcheiroso, respondendo tremulamente às palavras degradantes de uma prostituta. A evocação das maneiras perfeitas daquele grupo que jamais esquecia a etiqueta surtia mais efeito sobre ele do que toda superioridade moral. Achou ridículo o revolver de suas próprias paixões sombrias. Viu, com nitidez de visionário, um gesto frio e evasivo, um sorriso chocado, com os quais aquelas pessoas o afastariam como a um animalzinho sujo. Apesar disso, permanecia como que amarrado em seu lugar.

A cada detalhe que recordava, crescia ao lado da vergonha uma cadeia de pensamentos repelentes. Isso começara quando Beineberg explicara o que Bozena falava e Törless enrubescera.

De repente pensara em sua mãe e agora não conseguia livrar-se disso, algo que ultrapassava os limites de sua consciência, disparando como um raio ou infinitamente distante, até a última fímbria de sua mente — avistada só como num voo —, algo que mal se podia chamar de pensamento. E rapidamente se seguira uma série de perguntas com o objetivo de encobri-lo: "O que torna possível que essa Bozena aproxime de minha mãe sua existência tão baixa? Que se enfie no estreito limite de um único e mesmo pensamento? Por que não encosta a testa no chão quando fala em minha mãe? Por que não se mostra como um abismo o fato de que entre elas não há nada em comum? Pois afinal essa mulher é para mim como um novelo de todos os desejos sexuais, e minha mãe, uma criatura que até hoje perpassou por minha vida como um céu sem nuvens, límpido e raso, como uma estrela, além e acima de qualquer desejo..."

Contudo, essas indagações não eram a coisa em si. Mal tocavam nela. Eram secundárias, algo que só ocorrera a Törless posteriormente.

Multiplicavam-se porque nenhuma designava a coisa certa. Eram apenas fugas, rodeios em torno do fato de que, ainda pré-consciente, súbita e instintiva, surgira uma ligação espiritual que lhes dera resposta num mau sentido, ainda antes que elas surgissem. Törless saciava-se olhando Bozena, mas não conseguia esquecer sua mãe; as duas uniam-se através dele: todo o resto era apenas contorcer-se sob o entrelaçamento dessas ideias. Esse era o único fator real. Como ele não conseguisse livrar-se dessa opressão, ela assumia um significado terrível e indefinido, que acompanhava todos os seus esforços — como um sorriso pérfido.

※

Törless olhou em volta no quarto, para libertar-se. Mas tudo já se recobria daquele significado. O pequeno fogão de ferro com manchas de ferrugem no tampo, a cama com as colunas desconjuntadas e a cabeceira onde a tinta descascava, os lençóis sujos aparecendo pelos buracos da colcha; Bozena, com a blusa que resvalara de um ombro, o vulgar vermelho gritante da saia de baixo, o riso arreganhado e tagarela; por fim, Beineberg, cujo comportamento parecia, em comparação ao habitual, o de um padre devasso que, enlouquecido, entremeia palavras dúbias numa oração… Tudo isso urgia numa só direção, oprimindo-o, obrigando violentamente seus pensamentos a retornarem.

Só em um lugar, esvoaçando assustados de um para outro objeto, seus olhos encontravam paz. Era por cima da cortina. Ali as nuvens do céu e a lua hirta espiavam para dentro.

Foi como se de repente tivesse saído para o ar noturno, frio e sossegado. Por um momento todos os pensamentos se aquietaram. Depois teve uma recordação agradável. A casa de campo em que haviam passado o último verão. Noites no parque silencioso. Um firmamento de veludo escuro, com estrelas frementes. A voz da mãe vindo do fundo do jardim, onde passeava com o pai sobre veredas de cascalho que reluziam brandamente. Canções que ela entoava a meia-voz. Mas então — e isso atravessou o ventre dele como um punhal gelado — novamente a torturante comparação. O que estariam sentindo os dois naquele momento? Amor? Esse pensamento ocorria-lhe pela primeira vez. Mas não, era algo completamente diferente. Não era nada para pessoas grandes e adultas, muito menos para seus pais. Sentar-se à janela aberta de noite, sentindo-se abandonado, sentindo-se diferente dos adultos, com todos aqueles sorrisos e olhares zombeteiros que não o compreendiam, sem poder explicar a ninguém o que já se sabia ser, e ansiar por alguém que o compreendesse... Isso é amor! Mas para senti-lo é preciso ser jovem e solitário. Com os pais devia ser diferente; algo tranquilo e composto: era apenas mamãe cantando no jardim escuro, à noite, porque estava alegre...

Mas era exatamente isso que Törless não conseguia entender. Os planos pacientes que imperceptivelmente encadeiam os dias, formando meses e anos para o adulto, ainda lhe eram alheios. Assim também o embotamento que nem ao menos permite fazer indagações quando mais um dia se acaba. Sua vida estava enfocada sobre cada dia. Cada noite lhe significava um nada, uma sepultura, uma extinção. Ele ainda não aprendera a morrer a cada fim de dia sem se preocupar.

Por isso sempre imaginara que por trás de tudo havia algo que lhe ocultavam. As noites lhe pareciam escuros portões diante de alegrias secretas, de modo que sua vida permanecia vazia e infeliz.

Recordou um estranho riso de sua mãe, e como, brincando, ela apertara mais fortemente o braço do marido. Parecia não haver dúvidas. E devia haver uma trilha que conduzisse àquele mundo de seres calmos e inatingíveis. E agora que sabia disso, só conseguia pensar nessas coisas com uma desconfiança maldosa, contra a qual se defendia inutilmente...

Bozena continuava falando. Törless ouvia só com meia atenção. Ela falava de um rapaz que vinha quase todos os domingos.

— Como se chama? É da sua classe.

— Reiting?

— Não.

— Como se parece?

— Mais ou menos do tamanho daquele ali. — Bozena apontou para Törless. — Só que tem a cabeça um pouco grande demais.

— Ah, Basini!

— Sim, isso mesmo, é o nome que ele me deu. É um rapaz muito engraçado. E nobre: só bebe vinho. Mas é bobo. Gasta um monte de dinheiro e não faz nada, só conversa comigo. Gaba-se dos amores que tem em casa; de que adianta isso? Dá para ver que é a primeira vez na vida que está com uma mulher. Você também ainda é só um rapazinho, mas é atrevido; ele é desajeitado e tem medo da coisa, por isso fica me contando com jeito de homem sensual... sim, foi isso que ele disse... como lida com as mulheres. Ele diz que nenhuma vale nada, mas como pode saber disso?

Beineberg apenas sorriu ironicamente em resposta.

— Sim, vá rindo! — disse Bozena, divertindo-se. — Uma vez perguntei se ele não teria vergonha da mãe. "Mãe?", disse ele. "Mãe? Mãe? O que é isso? Isso não existe nesse momento. Mãe é algo que deixei em casa, antes de vir procurar você..." Sim, abra bem essas suas grandes orelhas. É assim que vocês são! Belos filhinhos, finos senhorezinhos; quase sinto pena das mães de vocês!

Com essas palavras, Törless teve outra vez a antiga visão de si mesmo. Viu que traía a imagem dos pais. Compreendeu que não fazia nada de singular, nem terrivelmente solitário, mas apenas algo extremamente vulgar. Sentiu vergonha; outros pensamentos, porém, voltavam. Os pais também fazem essas coisas! Também traem você! São seus secretos parceiros de jogo! Talvez com eles seja diferente, mas uma coisa é igual: essa oculta e terrível alegria. Algo em que nos podemos afogar, com todo o medo dos dias monótonos... Talvez até saibam mais? Algo incomum? Pois de dia se mostram tão apaziguados... E aquele riso de sua mãe? Como se ela andasse com passo calmo a fechar todas as portas...

Em meio a esse conflito, houve um momento em que Törless sucumbiu à tempestade, com o coração estrangulado.

E foi nesse momento que Bozena ergueu-se e se dirigiu a ele.

— Mas por que o pequeno aí não diz nada? Está triste?

Beineberg sussurrou alguma coisa com um sorriso maldoso.

— O quê, saudades de casa? A mãe foi embora? E o menino mauzinho vem logo correndo para uma "dessas"!

Bozena enterrou ternamente os dedos abertos nos cabelos dele.

— Vamos, não seja bobo. Me dê um beijo. As pessoas finas também são feitas de carne e sangue — disse ela, e dobrou a cabeça de Törless para trás.

Ele quis dizer alguma coisa, dominar-se e fazer alguma piada rude, sentia que agora tudo dependia de uma palavra indiferente e inócua, mas não conseguiu emitir som algum. Encarava com sorriso gelado o rosto devastado por cima do seu, os olhos indefinidos, depois o mundo exterior começou a encolher, afastando-se cada vez mais... Por um momento surgiu a imagem do camponês que pegara a pedra e que parecia zombar dele. Depois Törless ficou completamente só...

— Ei, rapaz, eu o peguei — sussurrou Reiting.
— Quem?
— O ladrão de armários.
Törless acabava de regressar com Beineberg. Era pouco antes do jantar, e o inspetor já fora embora. Entre as mesas verdes formavam-se grupos em conversa, uma vida cálida zumbia e rumorejava pelo aposento.

Era a sala de aula comum, com paredes brancas, um grande crucifixo preto e retratos do casal imperial ladeando o quadro-negro. Junto do grande fogão de ferro, ainda não aceso, em parte no estrado, em parte sobre cadeiras viradas, sentavam-se os rapazes que à tarde tinham levado o casal Törless à estação. Além de Reiting, havia o longilíneo Hofmeier, e Dschiusch, apelido de um pequeno conde polonês.

Törless mostrou-se curioso.

Os armários estavam no fundo da sala, eram compridas caixas com muitas repartições que se podiam trancar a chave, nas quais os rapazes do internato guardavam suas cartas, livros e dinheiro, toda a sorte de pertences.

E já há bastante tempo alguns se queixavam de que faltavam pequenas quantias em dinheiro, sem que tivessem suspeitas mais exatas.

Beineberg fora o primeiro a dizer com certeza que — na semana anterior — lhe fora roubada uma quantia maior. Mas só Reiting e Törless sabiam.

Suspeitavam dos criados.

— Conte! — pediu Törless, mas Reiting fez-lhe um rápido sinal.
— Psiu! Mais tarde. Ninguém sabe de nada ainda.
— Um criado? — sussurrou Törless.
— Não.
— Mas dê ao menos uma indicação de quem é!
Reiting virou-se de costas para os demais e disse baixinho:
— B.

Ninguém mais percebera esse diálogo disfarçado. Törless levou um choque: *B*? Só podia ser Basini. Impossível! A mãe dele era uma senhora de posses, o tio era uma Excelência. Törless não conseguia acreditar, embora a lembrança das coisas que Bozena contara se intrometesse em sua memória.

Mal podia aguardar o momento em que os outros fossem comer. Beineberg e Reiting ficaram atrás, pretextando que ainda estavam saciados do almoço.

Reiting sugeriu que antes fossem "para cima".

Saíram até o corredor, que se estendia interminável diante da sala de aula. Os bicos de gás, bruxuleantes, apenas o iluminavam em breves trechos, os passos ecoavam de nicho em nicho, por mais leves que fossem...

A uns cinquenta metros da porta, havia uma escada que subia ao segundo andar, onde ficavam a sala com material de ciências naturais, outras coleções para estudo e uma série de aposentos vazios.

A partir daí a escada se estreitava e subia numa sucessão de pequenos patamares em ângulo reto até o sótão. E — uma vez que casas velhas foram muitas vezes feitas sem lógica, com desperdício de recantos e degraus inexplicáveis — essa escada levava a um lugar bastante acima do nível do sótão, de modo que, atrás da pesada porta de ferro, trancada, onde terminavam seus degraus, era preciso descer uma escadinha de mão, de madeira, para atingir o sótão propriamente dito.

Assim, do lado de cá da porta do sótão surgia um vasto espaço com vários metros de altura, chegando até as traves do telhado. Nesse lugar, onde certamente não aparecia ninguém, depositavam-se velhos cenários de teatro, de representações remotas na escola.

Mesmo ao meio-dia, a claridade morria nessa escada, transformando-se numa densa penumbra de poeira, pois esse caminho para o sótão, situado numa ala afastada da casa, quase nunca era usado.

Beineberg saltou do último degrau sobre a balaustrada e, segurando-se nas grades, desceu por entre um dos cenários, seguido de Reiting e Törless. Conseguiram apoiar o pé numa caixa colocada ali para esse fim, e com um pulo chegaram ao chão.

Mesmo que os olhos de alguém postado na escada se habituassem à escuridão, teria sido impossível distinguir mais do que uma confusão hirta de cenários pontiagudos, embutidos uns nos outros.

Quando, porém, Beineberg afastou um pouco um deles, os que estavam embaixo viram abrir-se uma passagem estreita, como um túnel.

Esconderam a caixa que lhes servira na descida e enfiaram-se entre os cenários.

Estava totalmente escuro, era preciso conhecer muito bem o local para encontrar o caminho. Aqui e ali, uma daquelas altas paredes de linho farfalhava quando tocada, alguma coisa roçava o chão como camundongos assustados, e pairava um cheiro mofado de baús velhos.

Habituados a esse caminho, os três seguiam adiante, tateando com cautela, passo a passo, cuidando para não baterem numa das cordas esticadas sobre o assoalho como uma armadilha.

Passou-se longo tempo até chegarem a uma portinha colocada à direita, imediatamente antes da parede que separava do sótão esse lugar.

Quando Beineberg a abriu, deram num quarto estreito, debaixo do patamar superior da escada, misterioso à luz do pequeno lampião que Beineberg acendera.

O teto só era horizontal naquele trecho que ficava bem sob o patamar, e mesmo assim mal permitia que se ficasse de pé. Nos fundos, descia obliquamente, seguindo o perfil dos degraus, e terminava num canto em ângulo agudo. A parede oposta a esse ângulo separava o sótão da escada, e a terceira parede era feita dos tijolos que sustentavam os degraus. Só a quarta parede, onde se recortava a portinha, parecia ter sido especialmente acrescentada. Talvez se destinasse a um depósito de ferramentas, ou quem sabe fosse apenas um capricho do construtor, que, vendo o recanto sombrio, tivera a ideia medieval de mandar murá-lo e fazer um esconderijo.

De qualquer modo, dificilmente no internato alguém além dos três rapazes saberia da existência desse quartinho, e muito menos alguém pensaria em utilizá-lo.

Por isso tinham podido decorá-lo conforme suas fantasiosas concepções.

As paredes estavam revestidas de um tecido cor de sangue, que Reiting e Beineberg haviam encontrado num depósito, e o assoalho fora forrado com uma dupla camada de grossos cobertores de lã, iguais aos usados nos dormitórios no inverno. Na parte fronteira do cubículo havia caixotes baixos, cobertos de pano, que usavam como assentos; atrás, onde teto e chão formavam o ângulo agudo, tinham arranjado um lugar para dormir, suficiente para três ou quatro pessoas, podendo ser isolado por uma espécie de cortina.

Na parede, ao lado da porta, estava pendurado um revólver carregado.

Törless não gostava do quarto. Apreciava-o por ser pequeno e afastado, era como se achar no coração de uma montanha, e o cheiro dos cenários velhos e empoeirados lhe provocava sensações indefinidas.

Mas estar escondido, as cordas de armadilha no chão, o revólver, que dava uma impressão extrema de rebeldia e mistério, pareciam-lhe coisas ridículas. Era como se quisessem se convencer de que levavam uma vida de bandoleiros.

Na verdade, Törless participava de tudo isso apenas porque não queria ficar atrás dos outros dois. Beineberg e Reiting, porém, levavam a coisa a sério. Törless sabia disso. Sabia que Beineberg tinha as chaves de todos os portões e sótãos da escola. Sabia que ele desaparecia seguidamente da sala de aula por várias horas, para ficar sentado em algum lugar — talvez lá em cima entre os sarrafos do telhado, ou debaixo do chão, num dos muitos porões labirínticos e arruinados — e, à luz do pequeno lampião que sempre carregava, ler histórias de aventuras, ou entregar-se a reflexões sobre coisas sobrenaturais.

Reiting agia de modo semelhante. Também tinha um canto escondido, onde guardava diários secretos, repletos de audaciosos planos para o futuro, e anotações minuciosas sobre o motivo, a origem, a encenação e o transcurso das incontáveis intrigas que provocava entre os colegas. Pois nada divertia mais a Reiting do que atiçar pessoas umas contra as outras, submeter umas com ajuda das outras, alimentando-se dos agrados e das adulações forçados que extraía delas, por trás dos quais sentia a resistência do ódio de suas vítimas.

— Isso me serve de exercício — dizia, como única desculpa, com um sorriso amável.

Também como exercício lutava boxe quase diariamente em algum lugar afastado, contra uma parede, uma árvore ou uma mesa, para fortalecer os braços e dar resistência às mãos, fazendo com que criassem calos.

Törless sabia de tudo isso, mas só o compreendia até certo ponto. Algumas vezes seguira Reiting e Beineberg em suas escapadas singulares. Gostava do que elas tinham de inusitado. Também gostava de voltar depois para a luz do dia, ficar entre os colegas, em meio a toda aquela alegria, mas trazendo em seus olhos e ouvidos a excitação do isolamento e as alucinações das trevas. Quando, porém, apenas para terem com quem falar de si próprios, Beineberg ou Reiting lhe explicavam o que os emocionava em tudo aquilo, a sua compreensão nem sempre os acompanhava. Chegava a achar Reiting exagerado. Este gostava de dizer que o pai fora uma pessoa estranha e instável, que desaparecera um dia. Seu sobrenome, aliás, seria apenas um disfarce para esconder o de uma família notável. Esperava obter da mãe a informação de que havia importantes tarefas à sua espera: sonhava com golpes de estado e altas políticas. Por isso, pretendia ser oficial do Exército.

Törless não levava a sério essas fantasias. O tempo das revoluções parecia-lhe ultrapassado. Mas Reiting sabia impor-se. Por enquanto, é verdade, só em pequena escala. Era um tirano e mostrava-se impiedoso com quem lhe resistisse. Seus amigos variavam a cada dia, embora a maioria se achasse sempre do seu lado. Nisso residia o seu talento.

Há um ou dois anos realizara uma grande campanha contra Beineberg, concluindo com a derrota deste. Beineberg ficara bastante isolado, ainda que não perdesse para seu adversário em sangue-frio, espírito crítico e capacidade de instigar antipatias entre os outros. Faltavam-lhe, contudo, a amabilidade e o talento necessários à conquista das pessoas. Sua indiferença, suas maneiras de filósofo cheio de unção provocavam desconfiança na maioria dos colegas. Presumiam que no fundo de sua personalidade havia algo exagerado e desagradável. Mesmo assim, causara grandes problemas a Reiting, e a vitória deste fora quase casual. Desde então, mantinham-se unidos por interesses comuns.

Törless, em contrapartida, era indiferente a essas coisas. Portanto, também não tinha jeito para elas. Contudo, estava encerrado dentro daquele universo, e constatava diariamente o que significava desempenhar o papel principal num Estado — numa instituição assim, cada sala de aula é um pequeno Estado em si. Por isso cultivava tímido respeito pelos dois companheiros. Os impulsos que às vezes sentia de imitá-los nunca passavam de tentativas diletantes. Desse modo, sendo mais jovem, mantinha com eles uma relação de discípulo ou ajudante. Gozava da sua proteção, mas eles gostavam de ouvir seu conselho. Pois o espírito de Törless era mais ágil que o deles. Uma vez estimulado, era extremamente fecundo em imaginar as mais emaranhadas combinações. E ninguém era tão hábil quanto ele em prever as diferentes possibilidades de comportamento de uma pessoa em determinadas condições. Só quando se tratava de tomar uma decisão, de assumir os riscos de uma escolha entre várias opções psicológicas e agir, ele falhava, perdia o interesse e a energia. Seu papel como uma espécie de chefe de estado-maior secreto, porém, o divertia. Tanto mais por ser quase a única coisa a trazer alguma vida ao seu profundo tédio.

De vez em quando, no entanto, tinha consciência de tudo o que sacrificava com essa dependência interior. Sentia que tudo não passava de um jogo, apenas algo que o ajudava a superar aquela existência larvar no internato, sem relação com a sua verdadeira personalidade, que só viria a existir num futuro ainda impreciso.

Quando, em determinadas ocasiões, via o quanto seus dois amigos levavam tais coisas a sério, achava difícil compreendê-los. Teria gostado de se divertir à custa deles, mas receava que por trás de suas fantasias houvesse mais verdade do que era capaz de entender. Sentia-se de certa forma dilacerado entre dois mundos: um sólido e burguês, no qual tudo acontecia de modo sensato e regrado, como estava habituado em casa; outro aventuroso, sombrio, misterioso, sanguíneo, com surpresas inimagináveis. Os dois mundos pareciam excluir-se mutuamente. Um sorriso zombeteiro, que ele gostaria de sempre ostentar nos lábios, e um calafrio que lhe corria pela espinha entrecruzavam-se, fazendo cintilar seus pensamentos...

Ansiava então por sentir algo determinado; necessidades firmes, distinguindo entre o bom e o mau, entre o útil e o pernicioso; saber decidir-se, ainda que erradamente, era melhor do que assimilar tudo com excessiva receptividade...

Quando entrara no quarto, essa dicotomia o dominava, como sempre ocorria naquele lugar.

Entrementes, Reiting começara a falar.

Basini lhe devia dinheiro e ultrapassara todos os prazos; sempre o enganara sob palavra de honra.

— Eu não tinha nada a objetar — dizia Reiting —; quanto mais tempo levasse, mais dependente de mim ele iria ficando. Afinal, uma palavra de honra quebrada três ou quatro vezes é uma ninharia. Mas por fim precisei do dinheiro. Falei-lhe sobre isso, e ele jurou que pagaria. Naturalmente, mais uma vez não cumpriu a palavra. Então eu disse que o denunciaria. Ele pediu dois dias de prazo, porque esperava uma remessa do seu tutor. Mas eu tinha tomado algumas informações sobre a vida dele. Queria saber de quem mais ele talvez ainda dependesse; é preciso estar a par dessas coisas.

"Não gostei nada do que descobri. Ele devia a Dschiusch e a mais alguns outros. Já tinha pago parte dessas dívidas, é claro que com o dinheiro que agora deve a mim. Os outros não lhe davam descanso. Isso me aborreceu. Acaso ele achava que eu era mais tolerante? Essa ideia não me é nada simpática. Mas pensei: vamos aguardar. Terei oportunidade de fazer com que ele conserte esses erros. Numa conversa, certa vez, mencionou a quantia que esperava receber, segundo ele mais do que me devia. Era só para me tranquilizar. Tomei mais informações e descobri que nem de longe o dinheiro daria para pagar todas as dívidas comigo. Aí pensei, vejam só, com certeza ele vai tentar me passar para trás novamente.

"E veio falar comigo, todo confiado, pedindo mais prazo, porque os outros o apertavam demais. Fiquei frio e disse que fosse mendigar aos outros, pois eu não estava habituado a ser posto em segundo plano. Mas ele respondeu: 'Conheço você melhor, com você tenho mais intimidade.' Minha última palavra então foi: 'Ou você me traz o dinheiro amanhã, ou vou lhe apresentar minhas condições.'

"'Que condições?', perguntou ele. Vocês deviam ter ouvido! Parecia disposto a vender até a alma! Que condições? 'Ah', eu disse, 'você terá de me obedecer em tudo'. 'Só isso?', ele replicou. 'Com prazer, eu gosto de você.' 'Ah', respondi, 'mas não será só quando lhe der prazer: terá de fazer tudo o que *eu* mandar, em obediência cega!' Então ele me olhou de lado, sorrindo, meio encabulado. Não sabia até que ponto eu falava sério. Devia ter vontade de me prometer alguma coisa, mas temia que eu apenas o estivesse pondo à prova. Então disse, corando: 'Vou trazer o dinheiro.'

"Isso me divertia, eu nem tinha dado maior importância a ele até aquele momento. Ele não tem importância mesmo, não é verdade? Mas de repente ficou tão próximo de mim que eu podia observá-lo nos menores detalhes. Sabia que estava disposto a se vender, sem muita encenação, desde que os outros não soubessem. Foi realmente uma surpresa, não há nada mais belo do que alguém subitamente se revelar assim a nós, expondo sua vida, que se abre como a toca de um cupim quando de repente se fende a madeira...

"No dia seguinte ele me trouxe o dinheiro. Mais que isso, me convidou para beber alguma coisa com ele no cassino. Lá encomendou vinho, torta e cigarros, querendo me servir, como 'agradecimento' pela minha paciência. Fiquei aborrecido por ele agir com essa ingenuidade inacreditável, como se nunca tivéssemos trocado palavras ásperas. Comentei isso, e ele se tornou mais cordial ainda, como se quisesse escapar de mim e se pôr na mesma altura que eu. Agia como se não houvesse nada de mais grave, fazendo a toda hora declarações de amizade; mas, em seus olhos, alguma coisa se agarrava em mim, como se ele temesse perder outra vez aquela proximidade fictícia. Por fim tive nojo dele e pensei: acaso ele acha que preciso tolerar isso? E meditei num modo de derrotá-lo moralmente. Procurei algo que o ferisse de verdade. Ocorreu-me então que naquela manhã Beineberg tinha contado que haviam roubado dinheiro seu. Foi algo que me veio à memória assim, casualmente. Mas era uma ideia insistente, eu a sentia entalada na garganta. Seria uma beleza, pensei, e perguntei de passagem quanto dinheiro ele ainda trazia consigo. Sua resposta combinava com meus cálculos. 'Mas quem foi o burro que ainda lhe emprestou mais dinheiro?', perguntei, rindo, e ele respondeu: 'Hofmeier.'

"Acho até que tremi de alegria. É que duas horas antes Hofmeier tinha me pedido dinheiro emprestado. Então, era verdade o que há minutos tinha passado pela minha cabeça vagamente. Foi como quando se pensa de brincadeira: essa casa vai pegar fogo e, de repente, lá estão as labaredas com metros de altura...

"Mais uma vez pensei depressa em todas as possibilidades; não podia ter certeza, mas a intuição me bastava. Debrucei-me para ele e disse, da maneira mais amável, como se lhe enfiasse no cérebro, suavemente, uma varinha fina e pontuda: 'Olhe, caro Basini, por que está mentindo?' Quando eu disse isso, os olhos dele pareceram flutuar assustados no rosto, mas continuei: 'Talvez você consiga enganar outras pessoas, mas não a mim. Você sabe que Beineberg...' Ele não ficou vermelho, nem pálido, era como se esperasse que um mal-entendido fosse esclarecido. 'Bem', disse eu então, 'para resumir, você tirou esta noite da gaveta de Beineberg o dinheiro que usou para pagar a dívida comigo!'

"Recostei-me na minha cadeira, para observar a expressão dele. Ficou vermelho como uma cereja; as palavras, trancadas em sua garganta, enchiam-lhe a boca de saliva; conseguiu por fim falar. Foi um jorro de acusações contra mim: como eu me atrevia a afirmar uma coisa assim; nada justificava nem de longe uma acusação daquelas; eu só estava querendo briga porque ele era mais fraco; fazia aquilo só porque me aborrecia o fato de ele ter se livrado de mim, pagando a dívida; mas chamaria a classe... o prefeito... o diretor; Deus testemunharia a sua inocência, e assim por diante, até o infinito. Eu já estava até ficando com medo de ter cometido uma injustiça, magoando-o sem motivo; o rosto dele estava tão belo, agora já vermelho... Parecia um animalzinho maltratado, indefeso. Mas não quis ceder. Por isso, mantive meu sorriso zombeteiro — na verdade, mais por me achar meio embasbacado —, com o qual escutara toda a sua falação. De vez em quando eu sacudia a cabeça, dizendo calmamente: 'Mas eu sei de tudo.'

"Depois de algum tempo ele também se acalmou. Eu continuava a sorrir. Tinha a impressão de que, sorrindo assim, seria capaz de transformá-lo num ladrão, ainda que até então ele não o fosse. E afinal, pensei, sempre haverá tempo para consertar tudo mais tarde.

"Após um momento em que ele ficou me olhando disfarçadamente, empalideceu. Uma mudança estranha ocorreu em seu rosto. Desapareceu o ar inocente de antes; era como se este sumisse com a cor. Agora estava esverdeado, balofo, como um queijo. Só vi uma coisa assim uma vez antes, quando certa ocasião vi prenderem um assassino na rua. Este também andava entre as pessoas sem que se notasse qualquer coisa nele. Mas quando de repente o policial pôs a mão em seu ombro, ele se transformou imediatamente. O rosto se modificou, os olhos fitavam apavorados à procura de uma saída, numa expressão de condenado.

"Foi isso que me lembrou a mudança de expressão de Basini; eu sabia de tudo e fiquei apenas esperando...

"E aconteceu. Sem que eu dissesse mais nada, Basini — exausto de calar-se — começou a chorar e pediu misericórdia. Pegara o dinheiro apenas porque precisava dele; se eu não tivesse descoberto, teria devolvido tudo logo, e ninguém notaria nada. Pediu que eu não dissesse que roubara; tinha sido apenas um empréstimo oculto... E ele não conseguiu falar mais, de tanto que chorava.

"Depois começou novamente a implorar. Haveria de me obedecer em tudo o que eu desejasse, desde que não contasse nada a ninguém. E por esse preço se apresentou formalmente como meu escravo, e a mescla de astúcia e medo que se revelava em seus olhos era realmente repulsiva. Prometi apenas que refletiria sobre o que faria com ele, e disse que, antes de mais nada, o problema era com Beineberg.

"O que acham que deve acontecer com ele?"

Enquanto Reiting falava, Törless escutou em silêncio, os olhos fechados. De vez em quando um calafrio corria até as pontas de seus dedos, os pensamentos em sua cabeça erguiam-se desordenadamente como bolhas de água fervendo. Dizem que é assim quando vemos pela primeira vez a mulher que nos enredará numa paixão devastadora.

Dizem que, num momento como esse, quando nos recolhemos em nós mesmos, juntando nossas forças, sustendo a respiração, sobrevém um instante de silêncio que recobre a máxima tensão entre dois seres. Não sabemos o que acontece então. Esse instante é como a sombra antecipada da futura paixão. Uma sombra orgânica; um relaxamento de todas as tensões interiores; ao mesmo tempo, é uma súbita ligação, completamente nova, contendo em si todo o futuro; uma contração na pele sob a ponta de uma agulha... Por outro lado, é também um nada, uma imprecisa sensação de embotamento; uma fraqueza, um tremor...

Era o que Törless sentia. O que Reiting falava de si próprio e de Basini parecia-lhe sem importância. Um ato leviano e uma covardia de Basini, uma crueldade de Reiting. Mas, sob outro aspecto, ele intuía que para si os fatos assumiam uma dimensão muito pessoal, e nas entrelinhas algo o ameaçava como uma arma pontiaguda.

Imaginou Basini com Bozena e olhou em volta no pequeno quarto. As paredes pareciam ameaçá-lo, baixar sobre ele, estender-lhe mãos sangrentas, o revólver oscilava...

Pela primeira vez algo tombara, como uma pedra, na vaga solidão de seus devaneios; achava-se ali, não havia o que fazer: era a realidade. Ontem ainda Basini era um rapaz como ele próprio; abrira-se, porém, um alçapão, e Basini despencara. Exatamente como Reiting descrevera: uma súbita transformação, e o ser humano já não é o mesmo...

Mais uma vez, de alguma forma aquilo se ligava a Bozena. Seus pensamentos eram como blasfêmias. Exalavam um aroma adocicado e podre que o perturbava. E essa profunda degradação, esse abandono de si, esse recobrir-se com as pesadas, pálidas, venenosas folhas da infâmia, que perpassaram por seus sonhos como um longínquo e incorpóreo reflexo, tornaram-se de repente a realidade — como Basini.

Existia, portanto, algo com que sempre se tinha de contar, algo de que se precaver, algo que subitamente pode saltar fora dos calados espelhos de nossos pensamentos?

Mas assim todo o resto também era possível. Assim Reiting e Beineberg eram possíveis. Aquela mansarda ali era possível... Assim também era possível que, no mundo cotidiano e nítido que ele até então conhecera, se abrisse uma porta levando a outro mundo, abafado, ardente, apaixonado, desnudado, devastador. Assim era possível que entre uma pessoa cuja vida se move regradamente entre o escritório e a família, como numa transparente e firme casa de vidro e ferro, e uma outra pessoa, desprezada, ensanguentada, imunda, que perambula por confusos corredores repletos de vozes e urros, não apenas existisse uma passagem, mas que suas fronteiras se tocassem, secretas, próximas, podendo ser ultrapassadas a qualquer momento?

Havia apenas uma questão: como isso é possível? O que acontece em tais momentos? O que explode no ar com um grito e subitamente se extingue?

Tais eram as dúvidas que nasciam em Törless. Emergiam, indistintas, de lábios cerrados, veladas pela imprecisa sensação de embotamento; uma fraqueza, um tremor...

Mesmo assim, porém, como que de longe, esgarçadas e isoladas, muitas daquelas palavras soavam em Törless, enchendo-o de uma medrosa expectativa.

Nesse momento Reiting interpelou-o.

Törless pôs-se a falar imediatamente. Obedecia a um impulso súbito, a um sobressalto. Parecia-lhe que havia algo de decisivo e iminente, e assustava-se com essa proximidade, queria escapar, ganhar tempo... Falava, embora sentisse que só tinha coisas inadequadas a dizer, que suas palavras não possuíam firmeza, nem constituíam sua verdadeira opinião...

— Basini é um ladrão — disse, e o som determinado e duro dessas palavras fez-lhe tanto bem que as repetiu duas vezes: —... um ladrão. E ladrões a gente castiga... por toda parte, no mundo inteiro. Ele tem de ser denunciado, afastado do internato! Ele que se regenere lá fora. Para nós não serve mais!

Reiting, porém, replicou com uma expressão de consternação e desagrado:

— Não. Por que levar tudo logo ao extremo?

— Por quê? Ora, você não acha natural?

— De modo nenhum. Você age como se já fosse se derramar a chuva de enxofre que vai nos destruir a todos caso fiquemos com Basini. Só que o caso não é tão terrível assim.

— Como pode dizer isso? Então você quer realmente continuar a se sentar, a comer, a dormir diariamente junto de um sujeito que roubou e depois se ofereceu a você como criado, como escravo? Não entendo. Somos educados juntos porque pertencemos à mesma sociedade. Você não se importa se um dia ficar com ele no mesmo regimento, ou trabalhar no mesmo ministério, se ele frequentar as mesmas famílias que você... talvez até namorar a sua irmã?

— Ora, não exagere! — riu Reiting. — Você fala como se pertencêssemos a uma irmandade para todo o sempre! Acha que levaremos pela vida afora a marca "Egressos do Internato de W."? Merecedores de privilégios e deveres especiais? Mais tarde seguiremos nossos próprios caminhos e nos tornaremos aquilo a que temos direito, pois não existe só uma sociedade. Por isso, acho que não precisamos pensar demais no futuro. Quanto ao presente, eu não disse que devemos ser amigos de Basini. De um modo ou de outro conseguiremos manter a distância. Basini está em nossas mãos, podemos fazer com ele o que bem entendermos, por mim você pode cuspir nele duas vezes ao dia. Teremos algo em comum com ele, enquanto tolerar esse tratamento? E caso se rebele, podemos lhe mostrar quem é o senhor aqui... Você tem de esquecer essa ideia de que existe entre nós e Basini uma ligação qualquer, exceto a baixeza dele que nos diverte!

Embora não estivesse convencido de suas próprias ideias, Törless continuou firme:

— Escute, Reiting, por que defende Basini com tanto ardor?

— Por acaso estou mesmo defendendo Basini? Não, de jeito nenhum. Aliás, não tenho o menor interesse nisso, essa história me é completamente indiferente. Apenas me aborrece que você exagere! O que é que você tem na cabeça? Uma espécie qualquer de idealismo, parece. O sagrado zelo pelo internato ou pela Justiça? Você não imagina como isso soa maçante e moralista. Ou quem sabe — Reiting fitou Törless, piscando os olhos com ar de suspeita — você tem algum outro motivo para querer que Basini seja expulso e não quer revelar isso? Alguma vingança? Se é isso, diga logo! Pois, se for um motivo razoável, poderemos aproveitar essa oportunidade tão favorável!

Törless virou-se para Beineberg. Este apenas sorriu. Enquanto falava, sugava um longo cachimbo turco, sentado com pernas cruzadas à moda oriental e, com suas orelhas de abano, àquela luz dúbia parecia um ídolo grotesco.

— Por mim, vocês podem fazer o que quiserem; não me importa o dinheiro nem a Justiça. Na Índia haveriam de meter um bambu afiado nas tripas dele; pelo menos seria divertido. Ele é burro e covarde, por isso não faria mal que morresse; na verdade, toda a minha vida pouco liguei para o que acontece com gente dessa laia. Essas pessoas não são nada, e não sabemos o que será de suas almas. Que Alá se mostre misericordioso para com a sentença que vocês vão pronunciar!

Törless não respondeu. Depois que Reiting o contrariou e Beineberg não tomou nenhum partido entre eles, estava derrotado. Não conseguia mais opor-se; sentia que não tinha mais vontade de deter o que quer que estivesse por acontecer.

Aceitaram, portanto, uma sugestão de Reiting. Decidiram manter Basini sob vigilância, de certa forma sob tutela, oferecendo-lhe uma oportunidade de trabalhar para sair daquela situação. Dali por diante, seus ganhos e gastos seriam severamente conferidos, e suas relações com os outros alunos dependeriam da permissão dos três.

Aparentemente a decisão foi correta e benévola.

"Exemplarmente insípido", foi o que Reiting *não* disse dessa vez. Pois, sem que admitissem, todos percebiam que seria apenas um estado transitório. Reiting não desejava interromper uma situação que lhe proporcionava divertimento, embora, por outro lado, ainda não soubesse que direção tomar. E Törless se sentia paralisado à simples ideia de ter de lidar diariamente com Basini.

Quando há pouco pronunciara a palavra "ladrão", sentira-se melhor por um momento. Fora como pôr para fora, afastar de si, coisas que se agitavam dentro dele.

Mas as dúvidas que logo voltaram não podiam ser resolvidas com aquela simples palavra. Agora eram mais nítidas, não havia mais como escapar.

Törless olhou de Reiting para Beineberg, fechou os olhos, repetiu para si mesmo a decisão tomada e levantou novamente o olhar... Ele próprio já nem sabia se era apenas sua fantasia, pousando sobre as coisas como uma imensa lente de aumento, ou se realmente tudo era tão sinistro como lhe parecia. Será que só Beineberg e Reiting não sabiam nada sobre tais dúvidas? Logo eles, que desde o começo se moviam tão à vontade naquele mundo que lhe parecia completamente estranho?

Törless teve medo deles — mas como tememos um gigante que sabemos cego e tolo...

Uma coisa, porém, estava decidida. Agora ele se achava muito mais envolvido do que um quarto de hora antes. Não havia mais possibilidade de voltar atrás. Sentiu uma leve curiosidade sobre como haveria de ser, pois estava preso contra sua vontade. Tudo o que se movia nele ainda jazia em trevas, embora já sentisse o desejo de contemplar em meio à escuridão coisas que os outros não percebiam. Esse desejo misturava-se a um leve calafrio. Como se sobre sua vida pairasse permanentemente um céu cinzento e encoberto — com grandes nuvens, vultos monstruosos e mutáveis, e a pergunta sempre renovada: serão monstros; serão apenas nuvens?

Essa dúvida era só dele! Secreta, proibida, estranha aos demais...

Assim, pela primeira vez, Basini começou a assumir a importância que mais tarde teria na vida de Törless.

No dia seguinte, Basini foi colocado sob tutela.

Não sem alguma solenidade. Aproveitaram uma hora da manhã durante a qual escaparam aos exercícios ao ar livre num extenso gramado do parque.

Reiting fez uma espécie de longo discurso. Advertiu Basini de que ele estragara sua existência, de que na verdade deveria ser denunciado; ele devia unicamente a uma graça especial o fato de que, por enquanto, o livrassem da vergonha de uma expulsão.

Depois puseram-no a par das condições especiais. Reiting assumiu a vigilância dos ganhos de Basini.

Este empalideceu, mas não disse uma palavra sequer, e pelo seu rosto não se conseguia ver o que se passava em sua alma.

Törless julgara a cena alternadamente de muito mau gosto e muito importante.

Beineberg prestara mais atenção em Reiting do que em Basini.

Nos dias seguintes, o caso pareceu quase esquecido. Exceto nas aulas e nas refeições, quase não se via Reiting; Beineberg andava mais calado do que nunca; e Törless evitava pensar na história.

Basini movia-se entre seus camaradas como se nada houvesse acontecido.

Ele era um pouco mais alto do que Törless, mas de constituição delicada, tinha gestos macios e indolentes, e rosto com traços femininos. Sua capacidade de compreender era fraca, era um dos últimos em esgrima e ginástica, mas possuía um agradável, envolvente encanto.

Só procurara Bozena para se fingir de macho. Com o desenvolvimento um pouco retardado, não deveria sentir ainda um verdadeiro desejo. Encarava tudo aquilo mais como necessidade, adequação ou dever, para que não o acusassem de não ter experiências amorosas. Seus momentos mais belos ocorriam quando se afastava de Bozena e tudo acabava, pois o que lhe interessava naquilo era apenas possuir a lembrança.

Também mentia por vaidade. Assim, depois de cada período de férias, regressava ao internato com lembranças de pequenas aventuras: fitas, cachos de cabelo, cartinhas. Quando, certa vez, trouxe na mala uma liga de mulher, azul-clara, delicada e perfumada, e mais tarde descobriram que pertencia à sua irmã de doze anos, riram muito dele, acusando-o de farsante ridículo.

A inferioridade moral que ele revelava e suas tolices cresciam a partir da mesma origem. Não conseguia resistir a nada que o inspirasse e sempre era surpreendido pela consequência das coisas que fazia. Nisso era como essas mulheres com belos cachos caídos na testa, que servem veneno ao marido nas refeições e depois se assustam, atônitas, com as estranhas, duras palavras do promotor público e, finalmente, com a sentença de morte.

※

Törless evitava-o. Ao mesmo tempo desfazia-se o sobressalto que o balançara no primeiro instante, no mais fundo de si, sob as raízes de seus pensamentos, abalando-o fortemente. Recuperou a calma; a estranheza desapareceu, tornando-se cada dia mais ilusória, como rastros de um sonho que não se podem afirmar no mundo real, concreto e ensolarado.

Para se assegurar ainda mais desse estado, relatou tudo aos pais numa carta. Omitiu apenas suas próprias emoções.

Voltara a defender o ponto de vista de que seria melhor conseguir que Basini fosse afastado do internato na primeira oportunidade. Não podia sequer imaginar que seus pais pensassem de outra forma.

Esperava deles um julgamento severo e indignado a respeito de Basini, e que o rejeitassem depressa com as pontas dos dedos, como a um inseto sujo que não tolerariam ver perto do filho.

Nada disso constava da carta que veio em resposta. Seus pais avaliaram com equilíbrio todas as circunstâncias, como pessoas sensatas, ao menos até onde conseguiam afigurar o caso segundo os relatos dispersivos e cheios de lacunas da apressada carta do filho. Preferiam, portanto, emitir um julgamento cauteloso e reservado, tanto mais que deviam contar, de parte do filho, com o natural exagero de um adolescente indignado. Assim aprovaram a decisão de dar oportunidade a Basini de se corrigir e acharam que não se devia perturbar o curso da vida de uma pessoa apenas por causa de um pequeno erro. Tanto mais — e sublinharam isso em especial — que não se lidava com um adulto já formado, mas com uma personalidade ainda maleável e em plena evolução. Era preciso agir com severidade e seriedade no caso de Basini, mas também tratá-lo com benevolência, tentando emendá-lo.

Reforçaram essa opinião com uma série de exemplos que Törless conhecia bem, pois lembrava-se de que vários dos alunos menores, com os quais a direção da escola ainda empregava regulamento draconiano, e que sofriam severas limitações quanto à mesada, muitas vezes não conseguiam evitar mendigar aos mais afortunados daqueles pequenos famintos um pedaço do seu pão com presunto. Ele próprio agira assim algumas vezes, embora dissimulasse sua vergonha insultando a perversa direção da escola. E não era apenas ao seu próprio crescimento, mas também aos bondosos conselhos dos pais, que devia o fato de ter superado com orgulho tais fraquezas.

Contudo, naquele dia, nada disso surtiu efeito sobre ele.

Reconheceu que os pais tinham razão em muitas coisas e sabia que dificilmente seria possível emitir um julgamento correto àquela distância; pareceu-lhe, porém, que faltava à carta deles algo bem mais importante.

Era a compreensão de algo irreversível, que jamais poderia acontecer entre pessoas de determinada posição social. Seus pais não tinham ficado devidamente espantados ou chocados. Falavam como se se tratasse de um fato comum, que se resolve com tato, mas também sem muita encenação. Uma nódoa feia, mas inevitável, como as necessidades físicas de cada dia. Não revelavam qualquer envolvimento ou inquietação pessoal, tal como Beineberg e Reiting.

Törless podia ter aprendido com isso. Mas rasgou a carta e queimou-a. Era a primeira vez na vida que cometia tamanha falta de devoção filial.

Desencadeara-se em seu interior um efeito contrário. Em lugar da postura simples que lhe pediam, ocorria-lhe novamente o lado problemático e dúbio do comportamento de Basini. Meneando a cabeça, ponderou que era preciso pensar mais uma vez em tudo, embora não conseguisse dizer exatamente por quê...

O estranho era que tratava do assunto mais em sonhos do que com reflexões. Basini lhe aparecia então como algo compreensível, cotidiano, de contornos claros, como talvez o vissem seus pais e amigos; no momento seguinte ele desaparecia, para retomar sucessivamente como uma pequena figura, diminuta mesmo, rebrilhando temporariamente contra um fundo escuro, muito escuro...

Certa noite — era muito tarde, todos já dormiam — acordaram Törless, sacudindo-o na cama.

Beineberg estava sentado junto dele. Era tão inusitado que ele adivinhou tratar-se de algo muito especial.

— Levante-se. Mas não faça barulho, para que ninguém perceba; vamos subir, quero lhe contar uma coisa.

Törless vestiu-se depressa, pegou o sobretudo e enfiou os chinelos.

Lá em cima, Beineberg arrumou mais uma vez os obstáculos contra quem quisesse surpreendê-los, depois preparou chá.

Sentindo muito sono, Törless deixou-se invadir com prazer pelo calor dourado e aromático. Recostou-se num canto e encolheu-se bem; aguardava uma surpresa qualquer.

Por fim Beineberg disse:

— Reiting está nos traindo.

Törless não se espantou; achou natural que toda aquela intriga tivesse esse resultado; era quase como se esperasse por ele. Disse involuntariamente:

— Eu já tinha pensado nisso!

— Mesmo? Pensado? E não notou nada? Não esperava isso de você!

— Não, não percebi nada; e também não me importei muito.

— Mas eu, em compensação, prestei muita atenção: desde o primeiro dia não confiei inteiramente em Reiting. Você sabe que Basini me devolveu meu dinheiro. Como pensa que o conseguiu? Que foi dinheiro dele mesmo? Não.

— Você acha que foi coisa de Reiting?

— Sem dúvida.

No primeiro momento, Törless apenas pensou que agora também Reiting se envolvera na trama.

— Então acha que Reiting, como Basini...

— Nada disso! Reiting simplesmente pegou do seu próprio dinheiro, para que Basini pudesse saldar a dívida comigo.

— Mas não vejo bem por quê.

— Nem eu consegui ver durante muito tempo. De qualquer modo, você também deve ter notado que desde o começo Reiting defendeu Basini intensamente. Você teve toda razão naquela vez; teria sido realmente mais natural que esse sujeito fosse posto no olho da rua. Foi de propósito que não fiquei do seu lado, Törless. Pensei: preciso descobrir o que mais está em jogo. Na verdade, não sei ao certo se naquela ocasião Reiting já tinha objetivos determinados, ou se apenas queria aguardar, para ver o que aconteceria quando estivesse totalmente seguro de Basini. Mas sei como as coisas estão hoje.

— E daí?

— Espere, não posso contar tudo tão depressa. Você conhece o caso que aconteceu aqui no internato há quatro anos?

— Que caso?

— Ora, aquele!

— Só por alto. Sei apenas que houve um grande escândalo por causa de umas indecências e que por causa delas expulsaram uma porção de rapazes.

— Pois é. Certa vez, durante as férias, fiquei sabendo mais sobre esse caso através de um dos garotos daquela turma. Tinham entre eles um rapazinho muito bonito, e quase todos estavam apaixonados por ele. Você conhece esse tipo de coisa, acontece todos os anos. Mas aqueles levaram a coisa longe demais.

— Como?

— Ora... como? Não faça perguntas idiotas! Reiting está fazendo a mesma coisa com Basini!

Törless compreendeu o que acontecia entre os dois e sentiu uma convulsão na garganta, como se estivesse cheia de areia.

— Eu nunca teria pensado isso de Reiting.
Ele não achou nada melhor para dizer. Beineberg deu de ombros.
— Ele acha que pode nos enganar.
— Mas estará apaixonado?
— Nem sombra disso. Tão louco assim ele não é. Apenas se diverte, ou pelo menos isso o excita sexualmente.
— E Basini?
— Aquele... Você não percebeu como anda insolente nos últimos tempos? Praticamente não me obedece mais. É sempre só Reiting, tudo é com Reiting, como se Reiting fosse o santo protetor dele. Provavelmente Basini pensou: é melhor tolerar tudo deste do que aguentar um pouco de cada um. E Reiting deve ter prometido a ele que o protegeria caso se dispusesse a tudo. Mas estão enganados! Vou dar uma lição em Basini!
— Mas como você descobriu?
— Um dia fui atrás deles.
— Para onde?
— O sótão, aí ao lado. Reiting tinha recebido de mim a chave da outra entrada. Então vim até aqui, abri o buraco cuidadosamente e me esgueirei até junto deles. Havia uma parte arruinada na parede fina que separa o sótão do cubículo, um espaço suficiente para um corpo humano forçar passagem. Devia servir como saída de emergência em caso de necessidade e habitualmente ficava fechado por telhas amontoadas em sua frente.

Fez-se uma longa pausa, na qual só se via o fumo dos cigarros cintilando.

Törless não conseguia pensar em nada; apenas via... Via por trás das pálpebras cerradas uma confusão de coisas acontecendo... Pessoas; pessoas numa luz ofuscante, em meio a sombras profundas e móveis; rostos... um rosto, um sorriso... um fremir de pálpebras... uma vibração na pele, viu pessoas de um modo como nunca as vira, nunca as sentira. Mas via sem ver, sem imaginar, sem formar imagens; como se apenas sua alma as visse; eram tão nítidas que sua presença insistente o atravessou milhares de vezes; no entanto, como se parassem no limiar de um umbral intransponível, recuaram assim que ele procurou palavras para dominá-las.

Teve de perguntar. Sua voz tremia.

— E... e você viu?
—Vi.
— E... e o que é que Basini estava fazendo?

Mas Beineberg calou-se; novamente ouviram apenas o crepitar dos cigarros. Só depois de longo tempo Beineberg voltou a falar.

— Refleti muito no caso e você sabe que sou bom nisso. Quanto a Basini, acho que não merece piedade. Não importa se vamos denunciá-lo ou se vamos dar uma surra nele, ou martirizá-lo até a morte, só por diversão. Pois não consigo imaginar que uma pessoa assim signifique algo na maravilhosa engrenagem do mundo. Acho que foi criado apenas por acaso, à margem do resto. Quer dizer: alguma coisa ele deve representar, mas com certeza algo tão indefinido quanto um verme ou uma pedra no caminho, que não sabemos se devemos ignorar ou espezinhar. E isso é o mesmo que nada. Pois, se a alma universal deseja que alguma de suas partes seja preservada, nos diz isso de maneira mais clara. Ela diz "não" e cria um obstáculo, faz com que passemos pelo verme e dá tamanha dureza à pedra que não podemos destruí-la sem uma ferramenta. E antes que nos municiemos de uma, ela coloca à nossa frente uma porção de pequenos e resistentes escrúpulos; quando os superamos, aquele primeiro assunto já perdeu toda a sua importância.

"Num ser humano, ela coloca essa dureza na personalidade, na consciência, na responsabilidade que ele sente por ser parte da alma universal. Se uma pessoa perde essa noção, perde-se a si mesma. E quando um ser humano se perdeu a si mesmo, renunciou a si, perdeu também aquela coisa especial, singular, para a qual a Natureza o criou como ser humano. E em nenhum outro caso como neste poderíamos estar tão seguros de que estamos lidando com algo inútil, com uma forma vazia, algo há muito abandonado pela alma universal."

Törless não percebia em si nenhuma objeção. Nem escutava atentamente. Até então jamais mostrara inclinações para essas considerações metafísicas, nem refletira em como uma pessoa da inteligência de Beineberg podia entregar-se a elas. Toda essa questão, aliás, sequer entrara no horizonte de sua vida.

Por isso não se esforçou por avaliar as palavras de Beineberg em seu sentido mais profundo; apenas escutava vagamente.

E não compreendia como se podia fazer tantos rodeios. Tudo nele vibrava; o formalismo de que Beineberg revestia suas ideias, buscadas sabe Deus onde, parecia-lhe ridículo, inadequado, e o impacientava. Contudo, Beineberg prosseguiu, imperturbável:

— Com Reiting, porém, a questão se modifica bastante. Também ele se colocou em minhas mãos através dessa atitude, mas seu destino me importa mais do que o de Basini. Você sabe, a mãe dele possui uma grande fortuna; se ele for expulso do internato, será o fim de todos os seus planos. Se ele permanecer aqui, poderá ser alguma coisa; caso contrário, terá pouca oportunidade. E Reiting jamais gostou de mim... entende? Ele me odiava... Tentava me prejudicar sempre que podia. Acho que ainda hoje se alegraria se conseguisse se livrar de mim. Está vendo agora o que posso fazer, de posse desse segredo?

Törless sobressaltou-se. Mas de maneira estranha, como se o destino de Reiting fosse também o seu. Fitou Beineberg assustado. Este cerrara os olhos, formando uma pequena fresta, e parecia uma grande aranha quieta, à espreita, enredada em sua teia. Suas últimas palavras soavam frias e nítidas nos ouvidos de Törless, como as frases de um ditado em sala de aula.

Não prestara atenção ao que fora dito antes, apenas percebera: Beineberg está outra vez falando em suas ideias, que não têm nada a ver com o caso... Agora, de repente, não sabia como o outro chegara até ali.

A teia que se iniciara em algum ponto longínquo num emaranhado de abstrações, conforme ele recordava, pareceu contrair-se de repente com incrível rapidez. Pois era concreta, real, viva, e dentro dela debatia-se uma cabeça... com a garganta estrangulada.

Ele não gostava de Reiting, mas lembrou-se de sua maneira agradável, impudente e descuidada de se meter em todas as intrigas. Diante dele, Beineberg pareceu-lhe infame, enredando o outro naquela rede de pensamentos cinzenta e repulsiva, sorrindo malévolo e tranquilo.

Törless gritou involuntariamente:

— Você não deve fazer uso disso contra ele!

Talvez estivesse em jogo também sua constante e secreta má vontade para com Beineberg. Este, após refletir um pouco, disse:

— É, para que isso serviria? Seria mesmo uma pena. De qualquer modo, a partir de agora ele não representa nenhum perigo para mim e vale muito para que eu o deixe tropeçar numa bobagem dessas.

Resolvera-se essa parte da questão. Mas Beineberg continuou, voltando ao destino de Basini.

— Você ainda acha que devemos denunciar Basini?

Törless não respondeu. Queria escutar Beineberg, suas palavras soavam como passos num chão oco e escavado por baixo, e ele desejava saborear plenamente essa sensação.

Beineberg seguia seus próprios pensamentos:

— Acho que, por enquanto, devíamos guardá-lo para nós e castigá-lo pessoalmente. Pois tem de ser castigado por causa de sua arrogância. A direção do internato quando muito o expulsaria e escreveria uma longa carta ao tio dele; você sabe como essas coisas acontecem, de maneira objetiva... Excelência, seu sobrinho perdeu o controle... foi desviado... estamos lhe devolvendo o rapaz... esperamos que Vossa Excelência consiga... caminho da regeneração... por enquanto é impossível mantê-lo entre os demais... etc. etc. Um caso desses não tem valor nem interesse para eles.

— Que valor teria para nós?

— Que valor? Para você talvez nenhum, pois um dia você será conselheiro da corte ou poeta. Afinal, você não precisa disso, talvez até tenha medo. Mas eu imagino minha vida de modo bem diferente!

Dessa vez Törless prestou atenção.

— Para mim Basini tem valor, até muito valor! Pois veja, você simplesmente o deixaria escapar e ficaria tranquilo, pensando apenas que ele é um mau sujeito. — Törless conteve um sorriso. — E não passaria disso porque lhe falta talento ou interesse para aprender com um caso assim. Eu, contudo, tenho esse interesse. Quando a gente tem de abrir o próprio caminho, é preciso lidar de modo completamente diferente com as pessoas. Por isso quero manter Basini comigo, para aprender com ele.

— Então, como pretende castigá-lo?

Beineberg esperou um momento para dar a resposta, como se ainda refletisse no efeito que obteria com ela. Depois disse, cauteloso e hesitante:

— Está enganado se pensa que o castigo me interessa tanto. Sim, também poderemos lhe aplicar uma punição... Mas, para ser breve, tenho outra intenção com ele, quero... bem, digamos logo... quero torturá-lo...

Törless evitou dizer qualquer coisa. Ainda não entendia direito, mas sentia que tudo ocorria como tinha de ocorrer — interiormente — em relação a ele.

Beineberg prosseguiu, sem perceber o efeito de suas palavras:

— Não precisa ficar assustado, não é tão ruim assim. Pois, primeiro, não se deve ter consideração alguma com Basini, como já expliquei. A decisão de torturá-lo ou poupá-lo depende unicamente de nossa necessidade de agir de um ou de outro modo. Motivos interiores. Você os têm? Naturalmente essa coisa de moral, sociedade e assim por diante, de que você falou naquela vez, não pode entrar em jogo; espero que você nunca tenha acreditado nisso. Assim, suponho que você seja indiferente. Se quiser, pode se retirar do caso, se não estiver disposto a se arriscar.

"Mas o meu caminho não vai recuar, nem fará nenhum desvio; ao contrário, irá em frente e bem pelo meio da coisa. Tem de ser assim. Reiting também não vai largar o caso, porque para ele trata-se igualmente do valor especial de ter uma pessoa nas mãos e poder se exercitar, usá-la como ferramenta. Ele deseja dominar e faria *com você* exatamente como faz com Basini se por acaso topasse com você. Para mim há mais coisas em jogo. Quase um dever para comigo mesmo; como posso lhe explicar essa diferença entre nós dois? Você sabe o quanto Reiting venera Napoleão; a pessoa que mais me agrada se parece muito mais com um filósofo e santo hindu. Reiting sacrificaria Basini e não encontraria nisso senão pura curiosidade. Haveria de despedaçá-lo moralmente, para verificar o que se pode esperar de empreendimentos desse tipo. E, como eu disse, faria isso comigo ou com você da mesma maneira que com Basini, sem a menor emoção. Eu, em contrapartida, tenho, como você, a sensação de que, afinal, Basini também é apenas um ser humano. Também sinto que alguma coisa em mim sofreria com a crueldade que eu praticasse contra ele. Mas é exatamente isso que importa! Realmente um sacrifício! Como vê, também estou preso a dois fios. Um deles, obscuro, me leva à omissão piedosa, que se contrapõe às minhas mais claras convicções. O outro atravessa diretamente minha alma, chegando ao mais profundo entendimento interior, e me liga ao Cosmos.

"Pessoas como Basini, já lhe disse, não significam realmente nada — são apenas uma forma vazia e casual. As verdadeiras pessoas são aquelas que conseguem entrar em si mesmas, seres cósmicos, capazes de mergulhar no grande processo universal a que estão unidas. Estas realizam milagres de olhos fechados, porque sabem usar toda a força do mundo, que se acha dentro delas tanto quanto fora delas. Só que as pessoas que seguiram o segundo fio tiveram de romper o primeiro. Li sobre as terríveis penitências dos monges iluminados, e você não desconhece os métodos dos santos hindus. As coisas cruéis que acontecem servem unicamente para matar os desejos miseráveis que se dirigem para fora, e que, seja vaidade, fome, alegria ou piedade, apenas nos afastam do fogo que cada pessoa é capaz de acender dentro de si.

"Reiting conhece apenas o fio exterior, eu sigo o segundo fio. Agora, ele tem uma vantagem aos olhos de todos, pois meu caminho é mais lento e inseguro. Mas posso me adiantar a ele, de um salto, como se ele fosse um verme. Como vê, está totalmente errado o que as pessoas dizem: que o mundo é regido apenas por leis mecânicas, nas quais não devemos tocar. Isso só consta nos livros escolares! O mundo exterior é irredutível, suas chamadas leis não são influenciáveis — mas só até certo ponto: houve pessoas que o conseguiram. Isso se lê nos livros sagrados, fartamente comprovados, que a maioria não conhece. Por eles sei que houve pessoas que conseguiam mover pedras, ar e água, apenas com sua vontade, e cuja oração era mais forte do que todas as forças do mundo. Mas também isso não passa do triunfo exterior do espírito. Pois quem conseguir contemplar totalmente sua alma terá superado a vida física, que é apenas acidental; está nos livros que pessoas assim entram diretamente no sublime reino das almas."

Beineberg falava com a maior gravidade, com toda a sua excitação contida. Törless manteve os olhos fechados quase todo o tempo; sentia a respiração de Beineberg, aspirava-a como a um anestésico sufocante. Entrementes, Beineberg concluía seu discurso:

— Assim, você pode ver qual é o meu interesse nesse caso. O impulso de deixar Basini livre tem origem externa e inferior. Pode segui-lo. Mas para mim é um preconceito do qual tenho de me libertar, como de tudo o que me desvia do caminho para o meu interior mais recôndito.

"Exatamente porque me custa torturar Basini — quero dizer, degradá-lo, rejeitá-lo —, exatamente por isso, é bom. Pois exige sacrifício. Surtirá efeito purificador. Devo isso a mim mesmo; e preciso aprender com Basini, diariamente, que ser apenas humano nada significa, é mera aparência, uma macaquice…"

Törless não entendia bem. Tinha novamente a impressão de que, de súbito, fechara-se um laço invisível, num nó mortal e palpável. As últimas palavras de Beineberg ecoavam nele: "mera aparência, uma macaquice", repetia para si mesmo. Parecia combinar com sua atração por Basini. Acaso o estranho fascínio que o outro exercia sobre ele não era feito desse tipo de fantasias? Simplesmente porque não podia imaginar a realidade direito, apenas a percebia como imagem distorcida? Quando há pouco tentara imaginar Basini, não tinha havido outro rosto por trás do dele, um rosto manchado, com uma semelhança tangível, embora sem que pudesse dizer em relação a quê?

Assim, em vez de refletir sobre as estranhas intenções de Beineberg, atordoado com as impressões novas e inusitadas, Törless tentou compreender a si próprio. Lembrou-se da tarde antes de saber do crime de Basini. Na verdade, nessa ocasião aqueles rostos já haviam estado lá. Sempre existira alguma coisa de que seus pensamentos não conseguiam dar conta. Algo simples e estranho. Vira imagens que não eram imagens. Fora como quando passara por aquelas cabanas, no caminho de volta da estação, e também quando se sentara com Beineberg no café.

Eram semelhanças e dessemelhanças insuperáveis ao mesmo tempo. E esse jogo, essa perspectiva secreta, absolutamente pessoal, deixara-o excitado.

E agora um ser humano assumia isso. Tudo agora se corporificava num ser humano e se tornava real através dele. Com isso, toda a estranheza passara para esse ser. Assim, emergia da fantasia e entrava na vida, tornando-se ameaçadora...

As excitações tinham cansado Törless, seus pensamentos ligavam-se frouxamente.

Restava-lhe apenas a lembrança de que não devia largar Basini, pois este estava destinado a desempenhar em sua vida um papel importante, que indistintamente já divisava.

Por isso apenas balançou admirado a cabeça, pensando nas palavras de Beineberg. Será que ele também...

Não pode estar procurando a mesma coisa que eu, e ainda assim foi ele quem encontrou as palavras corretas...

Törless sonhava mais que pensava. Não conseguia distinguir seu próprio dilema psicológico das fantasias de Beineberg. Finalmente, sobrou-lhe apenas a sensação de que o imenso laço se fechava mais fortemente em torno de todas as coisas.

A conversa não progredia. Apagaram a lamparina e esgueiraram-se cautelosos para o dormitório.

Nos dias seguintes não houve nenhuma decisão. Havia muito que fazer na escola, Reiting evitava prudentemente ficar a sós com eles, e também Beineberg fugiu de nova conversa.

Assim, nesses dias, aconteceu que o pensamento sobre esse caso aprofundou-se em Törless, como um rio cujo leito fosse escavado pelo fluxo de sua correnteza, dando a seus pensamentos uma direção irreversível.

A intenção de expulsar Basini estava definitivamente afastada. Pela primeira vez Törless sentia-se inteiramente concentrado em si mesmo, e não conseguia mais pensar em outra coisa. Também Bozena se lhe tornara indiferente; o que sentira por ela transformou-se numa lembrança fantástica, em cujo lugar surgira algo muito sério.

É verdade que essa coisa séria não parecia menos fantástica.

※

Törless fora passear sozinho no parque, entretido com seus pensamentos. Era meio-dia, e o sol de fim de outono pousava pálidas recordações sobre os prados e as veredas. Como, inquieto, Törless não tivesse vontade de dar passeios mais longos, apenas rodeou o prédio da escola e jogou-se ao pé de uma parede lateral, quase desprovida de janelas, na grama cinzenta e movediça. O céu estendia-se sobre ele naquele azul pálido e sofrido próprio do outono, com pequenas nuvens alvas voando em sua superfície.

Törless estava estendido no chão, de costas, olhando de modo vago e sonhador através das copas desfolhadas de duas árvores à sua frente.

Pensava em Beineberg; como era estranho esse rapaz! Suas palavras combinariam com um arruinado templo hindu, com ídolos sinistros e serpentes encantadas em profundas cavernas; mas o que elas faziam ali, à luz do dia, no internato, na moderna Europa? Ainda assim, essas palavras, estendidas eternamente por milhares de sinuosidades como uma estrada sem fim e sem objetivo, pareciam de repente ter parado diante de objetivos palpáveis...

De repente ele notou — e era como se fosse pela primeira vez — o quanto o céu ficava longe.

Foi como um sobressalto. Exatamente por cima dele reluzia entre as nuvens uma nesga de azul, indizivelmente profunda.

Sentiu que poderia subir até lá numa escada bem longa. Mas, quanto mais entrava ali, erguendo-se pelo olhar, mais o fundo azul e luminoso se encolhia, recuando. Era como se ele tivesse de alcançá-lo, segurando-o com os olhos. Esse desejo tornou-se torturantemente intenso.

Era também como se a visão extremamente tensa lançasse olhares como dardos entre as nuvens e, por mais longe que os lançasse, eles executassem um trajeto cada vez mais curto.

Era nisso que Törless refletia agora; esforçava-se por permanecer o mais calmo e sensato possível. "Claro que não existe fim", pensou, "as coisas seguem sempre adiante, até o infinito."

Mantinha o olhar fixo no céu e repetia isso para si mesmo, como se experimentasse a força de uma fórmula mágica. Só que em vão: as palavras nada diziam, ou antes, diziam algo bem diferente, falavam do mesmo objeto, mas sobre um outro lado dele, estranho e indiferente.

— O infinito!

Törless conhecia o termo das aulas de matemática. Jamais imaginara nada de especial a esse respeito. O termo voltava sempre: algo que alguém um dia inventara e desde então fora possível fazer cálculos com ele, tão precisamente como com qualquer coisa sólida. Era exatamente o que valia no cálculo; e Törless jamais fizera nenhuma tentativa de entendê-lo para além disso.

Agora, porém, varava-o como um raio a compreensão de que essa palavra continha algo terrivelmente inquietante. Parecia-lhe um conceito domesticado, com que fizera diariamente pequenas artes, mas que, de repente, se libertara. Algo que ultrapassava o entendimento, algo selvagem, aniquilador, adormecido pelo trabalho de algum inventor e que de repente despertara e se tornara novamente terrível. Ali, naquele céu, isso se achava agora por cima dele, vivo e ameaçador, sinistramente zombando dele.

Por fim, cerrou os olhos, porque a visão torturava-o demais.

✻

Quando pouco depois foi novamente despertado por um sopro de vento a farfalhar na grama seca, mal sentiu seu corpo; vindo dos pés, subia um agradável frescor que punha seus membros num estado de suave indolência. Algo brando e lânguido misturava-se a seu pasmo anterior. Ainda percebia o céu imenso, silencioso, a fitá-lo lá de cima; agora se recordava de que muitas vezes essa impressão o dominara e, entre a vigília e o sonho, reviveu essas lembranças, enredado em sua trama.

Havia, primeiro, a memória da infância, com as árvores tão sérias e caladas como pessoas enfeitiçadas. Já então ele devia ter sentido aquilo que mais tarde retornaria. Também seus pensamentos sobre Bozena possuíam algo disso, algo singular, cheio de pressentimentos, mas que os ultrapassava. E aquele momento de silêncio no jardim diante das janelas da taverna, antes que baixassem os escuros véus da sexualidade, também fora assim. E muitas vezes, no lapso de um pensamento, Beineberg e Reiting se haviam tornado estranhos e irreais. E agora Basini? A ideia do que o rapaz andava fazendo dilacerava Törless; era uma ideia ora sensata e cotidiana, ora densa daquele silêncio perpassado de imagens, parte de todas as impressões lentamente filtradas na consciência de Törless, e que agora subitamente exigia que a tratassem como coisa viva e real; assim acontecera, há pouco, com a ideia do infinito.

Törless sentia que isso o cercava de todos os lados. Como forças distantes, obscuras, que com certeza desde sempre o ameaçavam — mas ele recuara instintivamente, lançando-lhe às vezes tímidos olhares fugidios. Agora, porém, um acaso aguçara sua atenção nessa direção e, como obedecendo a um sinal, essa coisa chegava desabando, trazendo uma perplexidade inacreditável, espalhando-se cada vez mais por toda parte.

Törless ficou dominado pelo anseio louco de ver duplamente todas as coisas, pessoas e fatos. Como se se prendessem, de um lado, à palavra inocente e esclarecedora fornecida por um inventor qualquer; e, de outro lado, fossem muito estranhas, ameaçando libertar-se a qualquer momento.

É verdade que há uma explicação simples e natural para tudo, e Törless a conhecia; no entanto, para seu terrível espanto, era apenas uma casca externa que parecia se abrir, sem desnudar o interior, que Törless, com visão já não inteiramente natural, via rebrilhar à maneira de uma outra presença.

Ficou deitado ali, enredando-se em suas lembranças, das quais brotavam, como flores singulares, os pensamentos mais bizarros. Momentos inesquecíveis, situações em que a vida perde sua lógica normal — segundo a qual a existência se espelha inteira em nosso entendimento como duas correntes paralelas fluindo com a mesma rapidez, lado a lado —, agora estreitavam-se uns contra os outros, numa proximidade perturbadora.

A lembrança daquele silêncio terrivelmente hirto, nas cores amortecidas de muitos crepúsculos, alternava-se com a inquietação cálida e fremente de uma tarde de verão que certa vez correra sobre a superfície de sua alma, ardente como os pés ágeis de um bando esquivo de lagartos lustrosos.

Depois, de súbito, voltou-lhe à mente o sorriso do pequeno príncipe — um olhar, um gesto — com que, aquela vez, quando tinham desfeito suas relações, ele se libertara brandamente de todas as associações que Törless tecera em volta dele e partira para uma distância nova, estranha, que — concentrando-se na vida de um inefável momento — se lhe abrira inesperadamente. Depois voltaram as lembranças da floresta, entre os campos cultivados. Depois, ainda, uma cena silenciosa num quarto escuro, em casa, que mais tarde o faria recordar o amigo perdido. E lembrou as palavras de um poema...

E há outras coisas nas quais impera a mesma incomparabilidade entre viver e compreender. É sempre assim: aquilo que num momento experimentamos como indivisível e inquestionado torna-se incompreensível e confuso, quando queremos amarrá-lo com as cadeias do pensamento, tomando posse dele. E aquilo que parece grande e estranho enquanto nossas palavras, de longe, anseiam por ele torna-se simples e perde o que tem de inquietante tão logo entra no ritmo de nossa vida diária.

※

Todas essas lembranças tinham subitamente em comum o mesmo mistério. Como se pertencessem umas às outras, estavam todas diante dele, nítidas e palpáveis.

Desde sua origem elas vinham acompanhadas por uma obscura emoção, de que ele quase não se lembrava.

E era exatamente por isso que ele agora se esforçava. Ocorreu-lhe que certa vez, quando estava com seu pai diante de uma daquelas paisagens, exclamara "Oh, que bonito!" e ficara encabulado ao perceber que o pai se alegrara. Pois também poderia ter dito: "É horrivelmente triste." Era a falha das palavras que o torturava, a vaga consciência de que as palavras eram apenas subterfúgios transitórios para as coisas realmente experimentadas.

E hoje lembrava-se dessa cena, lembrava-se das palavras, e nitidamente lembrou-se da sensação de que mentira sem saber por quê. Na memória, seu olhar reviu tudo mais uma vez. E sempre tudo retornava sem alívio. Um sorriso de encantamento ante a riqueza de ideias, que ele ainda mantinha no rosto distraidamente, aos poucos assumia um quase imperceptível traço de dor.

Sentiu necessidade de procurar uma ponte, uma ligação, uma comparação, entre si próprio e aquilo que se instalava mudamente diante de seu espírito.

Contudo, sempre que se acalmava com um pensamento, retornava aquela falta incompreensível: mentira. Era como se tivesse de executar uma divisão incessante, da qual sobrava sempre um resto obstinado, ou como se obrigasse dedos febris a afrouxar um nó sem fim, até que os dedos se ferissem.

Por fim, desistiu. Aquilo fechou-se constritamente em torno dele, e as lembranças cresceram numa desproporção pouco natural.

Voltara novamente os olhos para o céu. Como se, por acaso, ainda pudesse descobrir o seu mistério e decifrar o que havia nele de tão perturbador. Mas cansou-se e foi dominado por uma profunda solidão. O céu estava mudo. Törless sentia que estava completamente só debaixo da abóbada hirta e calada, como um diminuto ponto vivo sob aquele cadáver imenso e transparente.

Isso, porém, pouco o assustou. Era como uma dor antiga, já familiar, que enfim atacasse também suas últimas fibras.

A luz parecia ter assumido um tom leitoso, dançando diante de seus olhos como um nevoeiro pálido e frio.

Virou a cabeça, lenta e cautelosamente, e olhou em torno, para ver se realmente tudo mudara. Foi quando seu olhar passou vagamente pela parede cinzenta e desprovida de janelas, por trás de sua cabeça. Parecia ter-se debruçado sobre ele, encarando-o, silenciosa. De tempos em tempos descia pela parede um som farfalhante, e uma vida sinistra despertava nela.

Era assim que a escutara muitas vezes no esconderijo, quando Beineberg e Reiting desfiavam seu mundo fantástico, e ele se alegrava com aquele som, como se fosse uma música singular acompanhando um teatro grotesco.

Agora o dia claro também parecia ter-se tornado um esconderijo indecifrável, e o silêncio vivo rodeava Törless.

Ele não conseguia desvirar a cabeça. Ao seu lado, num canto úmido e sombrio, cresciam unhas-de-cavalo, espalhando as largas folhas que formavam fantásticos esconderijos para caracóis e vermes.

Törless escutou seu coração pulsar. Depois, novamente, um farfalhar sussurrante perdendo-se... E esses rumores eram a única coisa viva num mundo intemporal e mudo...

No dia seguinte, Beineberg estava com Reiting quanto Törless se aproximou.

— Já falei com Reiting — disse Beineberg. — Combinamos tudo. Você não se interessa realmente por essas coisas.

Törless sentiu uma espécie de raiva e ciúme com a súbita mudança, mas não sabia se devia mencionar a conversa noturna diante de Reiting.

— Bem — disse ele —, pelo menos podiam ter me chamado, pois estou tão envolvido no caso como vocês.

— Teríamos feito isso, caro Törless — disse Reiting depressa, desejoso de não causar complicações —, mas não encontramos você e imaginamos que concordaria conosco. Aliás, o que acha de Basini?

(Nenhuma palavra de desculpas, como se sua atitude fosse muito natural.)

— O que acho? Bem, é um sujeito ordinário.

— Não é mesmo? Muito ordinário.

— Mas você também se mete em belas coisas!

Törless sorriu um pouco forçado, pois se envergonhava de não insultar Reiting com mais violência.

— Eu? — Reiting deu de ombros. — E o que tem isso? A gente precisa experimentar de tudo, e se ele é bastante tolo e ordinário...

— Depois disso você já falou com ele? — interveio Beineberg.

— Sim. Ontem à noite ele me procurou e pediu dinheiro, pois outra vez tem dívidas que não consegue pagar.

— E você já deu o dinheiro a ele?

— Não, ainda não.

— Muito bem — disse Beineberg. — Então já temos a oportunidade de agarrá-lo. Você pode pedir que ele o encontre em algum lugar esta noite?

— Onde? No quartinho?

— Acho que não, pois por enquanto é melhor que ele não saiba de nada. Mande que vá ao sótão, onde você esteve com ele daquela vez.

— A que horas?

— Digamos... onze.

— Muito bem. Você quer dar um passeio?

— Sim. Törless ainda tem tarefas a fazer, não tem?

Törless não tinha mais nada a fazer, mas sentiu que os dois possuíam alguma coisa em comum que desejavam ocultar dele. E aborreceu-se com sua própria timidez, que o impedia de se intrometer.

Assim, seguiu-os com o olhar, imaginando o que estariam combinando secretamente.

Notou então quanta inocência e graça havia no andar ereto e flexível de Reiting; tal como em suas palavras. Mas, resistindo a isso, tentou imaginar como ele estivera naquela noite com Basini; procurava a parte interior, espiritual daquilo. Devia ser como o lento mergulho de duas almas entrelaçadas uma na outra, e depois a profundidade, como de um reino subterrâneo; e nesse ínterim, um momento no qual os ruídos do mundo lá em cima, muito lá em cima, emudeceriam, extinguindo-se completamente.

Após uma experiência assim, uma pessoa pode voltar a ser tão alegre e superficial? Sem dúvida, quando não significa grande coisa para ela. Törless gostaria de ter interrogado Reiting. Em vez disso, entregara-o com timidez infantil à teia de aranha daquele Beineberg!

Às quinze para as onze Törless viu que Beineberg e Reiting se esgueiravam de suas camas e também se vestiu.

— Psiu! Espere. Vai chamar a atenção se os três sumirmos ao mesmo tempo.

Törless escondeu-se novamente debaixo das cobertas.

Depois se encontraram no corredor e subiram até o sótão, com a cautela de sempre.

— Onde está Basini? — perguntou Törless.

— Está vindo do outro lado; Reiting deu as chaves a ele.

Ficaram todo o tempo no escuro. Só lá em cima, diante da grande porta de ferro, Beineberg acendeu a pequena lanterna.

A fechadura resistiu. Estava trancada por anos de imobilidade e não queria obedecer à chave. Por fim, cedeu com um ruído; a pesada porta esfregou-se contrariada na ferrugem dos gonzos e cedeu, hesitante.

Do sótão vinha um ar morno e gasto, como de pequenas estufas.

Beineberg trancou novamente a porta.

Desceram a escadinha de madeira e agacharam-se ao lado de uma das imponentes traves do telhado.

Ao lado deles ficavam imensas talhas d'água para caso de incêndio. Há muito tempo a água não era trocada, e espalhava um aroma adocicado.

Toda a atmosfera era opressiva: o calor debaixo do telhado, o ar sufocante, a confusão dos grandes madeirames, em parte perdidos na escuridão no alto, em parte enfiando-se no assoalho, numa trama fantasmagórica.

Beineberg baixou a chama do lampião, e ficaram sentados longos minutos sem falar, imóveis na escuridão.

Então, no canto oposto, a porta rangeu. Um som baixo e hesitante. Um ruído que fazia o coração saltar à garganta, como o primeiro som da caça que se aproxima.

Seguiram-se alguns passos indecisos, a batida de um pé contra tábuas que reboaram; um som abafado, com a batida de um corpo... Silêncio... Depois, passos tímidos outra vez... Pausa... Uma voz humana, baixinho:

— Reiting?

Beineberg retirou a manga do lampião e lançou um largo facho de luz na direção da voz.

Algumas traves poderosas reluziram com nítidos contornos; nada se via ali senão um cone de luz onde dançavam grãos de poeira.

Os passos se tornaram mais decididos e aproximaram-se.

Nisso, bem perto, um pé topou novamente com a madeira, e no instante seguinte apareceu na larga base do cone de luz o rosto de Basini — macilento em meio à iluminação precária.

※

Basini sorriu, numa expressão meiga, açucarada, hirta como o sorriso de um retrato, destacando-se na moldura de luz.

Törless estava sentado junto de sua trave, sentindo as pálpebras tremerem.

Beineberg começou a desfiar os crimes de Basini, num ritmo regular, com voz rouca.

Depois perguntou:

— Então você não se envergonha mesmo?

Um olhar de Basini para Reiting, parecendo dizer: "Agora está na hora de você me ajudar." Nesse momento Reiting desferiu-lhe um soco no rosto. Basini cambaleou para trás, tropeçou numa trave e caiu. Beineberg e Reiting saltaram atrás dele.

O lampião tombara, a luz escorria perplexa e preguiçosa pelo solo na direção dos pés de Törless.

Este percebeu, pelos ruídos, que arrancavam as roupas do corpo de Basini e o açoitavam com algo fino e flexível. Obviamente já tinham tudo preparado. Ouviu os soluços e as queixas meio abafados de Basini, que suplicava piedade; por fim, era apenas um gemido, como um uivo contido, entremeado de insultos e da respiração ardente e apaixonada de Beineberg.

Törless não se movera. Logo no começo tivera um desejo animalesco de saltar e bater também, mas reteve-o a impressão de que chegaria tarde demais e seria supérfluo. Seus membros estavam paralisados.

Ficou olhando o chão à sua frente, aparentando indiferença. Não aguçou o ouvido para seguir os ruídos e não sentia o coração bater mais depressa do que o normal. Com os olhos, acompanhava a luz que se derramava a seus pés, formando uma poça. Flocos de pó refulgiram — e uma sinistra teia de aranha. O brilho entrava pelas frestas entre as traves e afogava-se numa escuridão suja e empoeirada.

Törless teria ficado assim uma hora inteira, sem perceber. Não pensava em nada, embora estivesse muito ocupado interiormente. Observava-se a si mesmo. Era como se olhasse para um vazio e só de esguelha obtivesse uma indistinta noção de si. E agora, dessa imprecisão emergia, de lado, aproximando-se lentamente, cada vez mais nítido, e penetrava na sua consciência — um desejo.

Alguma coisa fez Törless sorrir disso; depois, novamente o desejo, ainda mais intenso, tirando-o de sua postura; ficou de joelhos no assoalho. Aquilo o levava a pressionar o corpo contra as tábuas; sentiu seus olhos arregalando-se como os de um peixe, sentiu o coração bater contra a madeira, através do corpo.

Uma excitação avassaladora tomou conta de Törless, ele teve de segurar-se na sua trave para resistir à vertigem que o puxava para baixo.

Gostas de suor surgiram em sua testa, e ele se perguntou amedrontado o que significaria tudo aquilo.

Sobressaltado em sua apatia, voltou a escutar os ruídos dos outros três na escuridão.

Tudo estava quieto agora; só Basini se lamentava baixinho, apalpando à procura das roupas.

Törless sentiu-se agradavelmente apaziguado pelos queixumes do outro. Um calafrio correu por suas costas como as patinhas de uma aranha, para cima e para baixo; depois firmou-se entre os ombros, e com finas garras puxou para trás a pele de seu crânio. Törless reconheceu com estranheza que estava sexualmente excitado. Refletiu, sem conseguir recordar quando isso teria começado, embora soubesse que já estava contido na ânsia de se apertar contra o chão. Envergonhou-se; mas fora dominado por isso como por uma poderosa onda de sangue inundando sua cabeça.

Beineberg e Reiting voltaram, tateando, e sentaram-se ao seu lado. Beineberg olhava o lampião.

Nesse instante Törless sentiu-se novamente puxado para baixo. Era algo que saía dos olhos — agora ele percebia —, como uma rigidez hipnótica, e ia até o cérebro. Era uma pergunta, sim, uma… não, um desespero… oh, ele conhecia isso… A parede, aquele jardim, as cabanas baixinhas, a recordação da infância… a mesma coisa! Encarou Beineberg. "Será que esse aí não sente nada?", pensou. Mas Beineberg inclinou-se e quis erguer o lampião. Törless segurou o braço dele.

— Isso aí não parece um olho? — perguntou, apontando o raio de luz que escorria no assoalho.

— Será que você vai ficar poético agora?

— Não. Mas me diga se não tem realmente alguma coisa parecida com os olhos? Deles emana… pense nessas suas ideias sobre hipnotismo, de que você tanto gosta… uma força que não cabe em nenhuma aula de física; e é verdade que a gente muitas vezes conhece melhor uma pessoa pelo olhar do que pelas palavras…

— E… daí?

— Essa luz me parece um olho. Um olho dirigido para um mundo estranho. É como se eu devesse adivinhar alguma coisa. Mas não posso. Desejaria sorver isso…

— Bom, agora você *está* ficando poético.

— Não, falo sério. Estou desesperado. Olhe, e você também vai sentir. Uma necessidade de me rolar nessa poça, de quatro, rastejando nesse canto empoeirado como se assim fosse possível adivinhar...

— Meu caro, isso são caprichos, sentimentalismos. Veja se deixa dessas coisas agora, por favor.

Beineberg terminou de se inclinar e repôs o lampião em seu lugar. Törless, porém, sentiu uma alegria maligna. Sentiu que assimilava os fatos mais completamente do que seus companheiros, com um significado que eles não alcançavam.

Esperou o retorno de Basini e sentiu com um secreto arrepio que a pele de seu couro cabeludo se esticava outra vez sob aquelas finas garras.

Agora já sabia que alguma coisa aguardava por ele, e o avisava em períodos cada vez mais curtos; uma sensação incompreensível para os demais, mas que obviamente devia ter grande importância para sua vida.

Não sabia, porém, o que significava essa sensualidade; lembrava apenas que ela ocorria sempre que as coisas começavam a lhe parecer estranhas e o atormentavam.

Decidiu que na próxima oportunidade refletiria melhor sobre tudo isso. No momento entregou-se inteiramente ao excitante arrepio causado pelo retorno de Basini.

Beineberg ajeitara o lampião, e os raios mais uma vez abriam um círculo na treva, como uma moldura vazia.

E de repente o rosto de Basini se achava outra vez ali dentro, como antes; com o mesmo sorriso hirto e açucarado; como se nada tivesse acontecido nesse meio-tempo, apenas no lábio superior, na boca e no queixo, desenhavam-se lentas gotas de sangue, abrindo um caminho rubro, sinuoso como um verme.

※

— Sente-se ali! — Reiting apontou a poderosa trave de madeira. Basini obedeceu. Reiting começou a falar: — Decerto você já estava achando que tinha se safado muito bem, não? Decerto pensou que eu ajudaria você? Bem, se foi assim, enganou-se. O que fiz com você foi apenas para ver até onde ia sua baixeza.

Basini esboçou um gesto de protesto. Reiting ameaçou saltar outra vez sobre ele. Então Basini disse:
— Mas, pelo amor de Deus, suplico a vocês, não tive outra saída!
— Cale a boca! — gritou Reiting. — Estamos fartos de suas desculpas! Sabemos muito bem quem você é, e vamos agir conforme...
Breve silêncio. De repente, Törless disse baixinho, quase amavelmente:
— Diga: eu sou um ladrão.
Basini arregalou os olhos assustados; Beineberg deu uma risada de aprovação.
Mas Basini ficou calado. Então Beineberg deu-lhe um empurrão e gritou:
— Não ouviu? É para você dizer que é um ladrão! E vai dizer imediatamente!
Novamente um silêncio breve, quase imperceptível; depois Basini disse baixinho, de um fôlego só e com a entonação mais inocente possível:
— Eu sou um ladrão.
Beineberg e Reiting disseram a Törless, rindo, divertidos:
— Você teve uma boa ideia, filhote.
E para Basini:
— E agora você dirá imediatamente: eu sou um animal, um animal que rouba, sou um animal, um ladrão, o porco *de vocês!*
E Basini disse tudo, sem se interromper, os olhos cerrados.
Törless voltara a se recostar na escuridão. Sentia nojo da cena, envergonhava-se de ter revelado aos outros sua ideia.

Uma ideia lhe viera de repente, durante as aulas de matemática.
Nos últimos dias seguira as aulas com especial interesse, pois pensava: "Se isso que estão dizendo aí for realmente preparação para a vida, deve-se referir a alguma das coisas que estou procurando."
E pensara exatamente em matemática — ainda por causa daquelas ideias sobre o infinito.
Com efeito, no meio da aula, aquilo varara sua cabeça como um raio ardente. Logo depois de terminada a aula, sentara-se junto de Beineberg, por ser o único com quem podia falar sobre uma coisa assim.
— Escute, você entendeu aquilo há pouco?
— O quê?
— Esse negócio de números imaginários?

— Sim. Não é tão difícil. A gente apenas tem de lembrar que a raiz quadrada de um negativo é a unidade básica com que se trabalha.

— Pois é isso. Esse número nem existe. Qualquer cifra, algarismo, seja negativo ou positivo, tem como resultado algo positivo quando elevado ao quadrado. Por isso não pode existir um algarismo cuja raiz quadrada seja negativa.

— Muito bem. Mas por que, ainda assim, não se poderia tentar aplicar a raiz quadrada num número negativo? Naturalmente, não pode dar nenhum valor real, por isso dizemos que o resultado é imaginário. É como se a gente dissesse: aqui sempre se sentou alguém, então vamos imaginá-lo hoje na sua cadeira; e mesmo que esse alguém tenha morrido, vamos fingir que está aqui.

— Mas como se pode fazer isso, sabendo com certeza, com certeza matemática, que é impossível?

— Mas a gente faz de conta que não é assim. Algum resultado vai aparecer. Afinal, não é o mesmo com os números irracionais? Uma divisão que nunca chega ao fim, uma fração cujo valor jamais aparece, por mais tempo que se calcule? E o que imagina de duas paralelas que devem se cruzar no infinito? Acho que, se a gente tivesse muito escrúpulo, não haveria matemática.

— Você tem razão. Imaginando assim, é muito esquisito. Mas o singular é exatamente que, apesar de tudo, se pode calcular direitinho com esses valores impossíveis e no fim obter resultados palpáveis.

— Bem, os fatores imagináveis têm de se anular mutuamente durante o cálculo.

— Sim, sim; sei tudo isso que você está dizendo. Mas não permanece algo muito estranho? Como poderei me expressar? Pense bem: numa dessas contas aparecem no começo cifras bem sólidas, que podem representar metros, ou pesos, ou qualquer outra coisa concreta, ou que pelo menos são números reais. O mesmo existe no fim da conta. Mas as duas extremidades estão ligadas por alguma coisa que sequer existe. Não é como uma ponte da qual só existem começo e fim, e que ainda assim ultrapassamos, como se ela estivesse ali, inteira? Um cálculo assim me deixa meio tonto; como se um pedaço do caminho levasse Deus sabe aonde... Mas o mais sinistro é a força que existe num cálculo desses, e que nos prende tanto que acabamos afinal *chegando* ao outro lado.

Beineberg sorriu ironicamente:

— Você fala quase como o nosso padreco: "Você vê uma maçã (são os círculos de luz, e o olho, e assim por diante), estende a mão para roubá-la (são os músculos e os nervos que a movem), mas entre essas duas coisas existe algo que faz uma surgir da outra: e é a alma imortal, que pecou... Sim, sim, nenhuma das ações de vocês tem explicações senão através da alma, que os maneja como se fossem as teclas de um piano..." — Ele imitava o tom de voz com o qual o catequista costumava apresentar essa velha comparação. — De resto, toda essa história não me interessa.

— Mas pensei que haveria de interessar justamente a você. Pelo menos, pensei logo em você porque, se for realmente tão inexplicável, seria quase uma confirmação da sua crença.

— Mas por que não seria inexplicável? Acho bastante possível que os inventores da matemática tenham tropeçado em seus próprios pés. Afinal, por que motivo o que fica além de nossa compreensão não se permitiria brincar com nossa inteligência? Mas não me ocupo dessas coisas, elas não levam a nada.

No mesmo dia, Törless pedira ao professor de matemática licença de visitá-lo para receber uma explicação sobre certas passagens da última aula. No seguinte, no intervalo do meio-dia, desceu a escada até o pequeno apartamento do professor.

Agora sentia um respeito novo pela matemática, pois de súbito ela passara de uma tarefa morta a uma coisa viva. E, por causa desse respeito, sentia certa inveja do professor, que devia estar familiarizado com todas essas relações e carregava seu conhecimento como a chave de um jardim fechado. Além disso, Törless era espicaçado por uma curiosidade um pouco tímida. Nunca estivera no quarto de um jovem adulto e queria saber como era a vida de uma pessoa sábia e, ainda assim, tranquila; pelo menos, desejava saber a que conclusão chegaria ao ver os objetos exteriores que a rodeavam.

Em geral Törless era reservado e tímido com os professores, e achava que não o apreciavam muito. Seu pedido pareceu-lhe um atrevimento, agora que estava em frente à porta; uma ousadia, que tinha menos a ver com o desejo de receber explicações — das quais secretamente já duvidava — do que com o impulso de dar uma espiada na vida do professor fora do seu diário concubinato com a matemática.

Levaram-no ao gabinete. Era um aposento comprido, com uma só janela; uma escrivaninha toda manchada de tinta se achava perto da janela e, junto da parede, um sofá coberto de tecido verde e rústico com borlas. Acima desse sofá pendiam um desbotado gorro de estudante e uma série de fotografias em sépia, escurecidas pela idade, do tamanho de cartões-postais, dos tempos da universidade. Sobre a mesa oval com pés em xis, cujos arabescos, que deveriam parecer graciosos, davam a impressão de falhados, havia um cachimbo e tabaco forte. Por isso todo o quarto cheirava a fumo barato.

Mal Törless assimilara todas essas impressões, sentindo certo mal-estar, como se tocasse em algo nada apetitoso, entrou o professor.

Era um homem moço, de no máximo trinta anos; louro, agitado, um excelente matemático, que já apresentara vários trabalhos importantes à Academia.

Sentou-se imediatamente na mesa de trabalho, remexeu um pouco nos papéis que havia por ali (mais tarde Törless achou que ele se enfiara entre aquelas coisas em busca de refúgio), limpou o pincenê com um lenço, cruzou as pernas e fitou Törless, à espera.

Este também começara a contemplá-lo. Notou um par de meias de lã grossa e, por cima, os cadarços da ceroula escurecidos pela graxa das botinas.

O lenço do bolso do casaco, em contrapartida, parecia branco e cuidado; a gravata estava remendada, mas, em compensação, era magnificamente colorida, como a paleta de um pintor.

Involuntariamente, essas pequenas constatações desagradaram Törless ainda mais; quase não conseguia ter esperança de que aquela criatura possuísse realmente conhecimentos importantes, embora fosse óbvio que sua pessoa e o ambiente não permitissem tirar conclusão nenhuma. Em segredo, Törless imaginara diferente o quarto de um matemático, com a presença de algumas manifestações das terríveis coisas que ali se cogitavam. A vulgaridade o magoava; ele a transferiu para a matemática, e seu respeito começou a ceder lugar à desconfiança.

Como o professor se pusesse a remexer-se impaciente em seu assento, sem saber o que significavam o longo silêncio e os olhares perscrutadores, já nesse momento surgiu entre os dois uma atmosfera de mal-entendido.

— Então vamos... Então você quer... Estou disposto a lhe dar explicações — começou o professor.

Törless apresentou suas dúvidas e esforçou-se para deixar claro o que representavam para ele. Mas era como se tivesse de falar através de um denso e sombrio nevoeiro, e suas melhores palavras morriam já na garganta.

O professor sorriu, pigarreou um pouco e disse:

— Permite?

E acendeu um cigarro, fumou em ávidas tragadas; o papel, o que Törless notou e achou vulgar, ficou engordurado, e enrodilhava-se crepitando de leve; o professor tirou o pincenê do nariz e recolocou-o, balançou a cabeça... Por fim não deixou Törless terminar.

— Alegro-me, caro Törless, sim, alegro-me — interrompeu. — Suas preocupações revelam seriedade, reflexão e... Hum... Só que não é tão fácil assim lhe dar as explicações pedidas... Não me entenda mal.

"Veja, você fala da intervenção de fatores... hum... chamamos isso de fatores transcendentes, fatores...

"Não sei o que você sente em relação a isso; as coisas supra-sensoriais, que ficam além dos severos limites da razão, são muito singulares. Na verdade, não estou realmente qualificado a me meter nisso, não faz parte da minha disciplina; há várias teorias a respeito, quero evitar a todo custo me meter em polêmicas... Mas quanto à matemática", sublinhou a palavra matemática, como se quisesse fechar de uma vez por todas uma porta fatídica, "quanto à matemática, é certo que também aqui existe uma relação natural e matemática... Apenas, para ser escrupulosamente científico, teria de fazer pressuposições que você dificilmente compreenderia, e também não temos tempo suficiente.

"Sabe, admito com prazer que, por exemplo, essas cifras imaginárias, que não existem de verdade, não devem ser fáceis para um jovem estudante. Você deve se contentar em pensar que tais conceitos matemáticos são apenas puras necessidades inerentes ao pensamento matemático. Pense bem: nos degraus elementares do estudo, em que você ainda se acha, é muito difícil dar a explicação correta para muita coisa que temos de abordar. Por sorte, poucos alunos sentem isso, mas quando alguém, como você hoje — embora, como eu disse, me dê grande prazer —, vem realmente nos interrogar, só podemos dizer: caro amigo, você simplesmente precisa *acreditar*; quando um dia souber dez vezes mais matemática do que hoje, compreenderá; por enquanto precisa acreditar!

"Não há outro jeito, caro Törless, a matemática é um mundo em si, e é preciso viver muito tempo nele para sentir tudo o que contém de necessário."

Törless alegrou-se quando o professor se calou. Desde que ouvira aquela porta se fechar, era como se as palavras ficassem cada vez mais distantes... indo para o outro lado, o lado indiferente, onde ficavam todas as explicações certas, mas que não diziam nada.

Contudo, estava atordoado pela torrente de palavras e pelo seu fracasso, e não entendeu logo que era hora de se levantar.

Então, para resolver tudo de uma vez, o professor tentou um último argumento convincente.

Numa mesinha havia um volume da obra de Kant. O professor pegou-o e mostrou-o a Törless:

— Está vendo esse livro, é filosofia, contém os fundamentos da nossa ação. Se você pudesse entendê-lo profundamente, depararia com todos aqueles princípios inerentes à natureza do pensamento e que determinam tudo, embora não sejam fáceis de compreender. Na matemática é parecido. E ainda assim agimos sempre em conformidade com eles: aí tem a prova de como são importantes. Mas — ele sorriu, vendo que realmente Törless abria o livro, folheando-o — deixe isso de lado por enquanto. Eu apenas quis lhe dar um exemplo do qual mais tarde talvez possa se lembrar; por enquanto, vai ser difícil demais para você.

Törless ficou comovido o resto do dia.

O fato de ter tido Kant entre as mãos — detalhe totalmente casual a que no momento dera pouca importância — surtia grande efeito sobre ele. Já ouvira falar bastante em Kant, embora apenas como um nome, e o valor corrente desse nome era o que lhe conferiam de modo geral aqueles que só remotamente se ocupavam com as coisas da mente — ele era a última palavra em filosofia. E esse tipo de autoridade fora um dos motivos pelos quais até então Törless se ocupara tão pouco com livros sérios. Pessoas muito jovens, passados os períodos em que desejam ser cocheiro, jardineiro ou padeiro, começam a fantasiar sua missão na vida ali onde, ambiciosos, veem a possibilidade de realizações extraordinárias. Quando afirmam que querem ser médicos, é certamente porque viram alguma sala de espera repleta de clientes, ou um armário de vidro com intrigantes instrumentos cirúrgicos; se falam na carreira diplomática, é porque pensam no brilho e na elegância dos salões cosmopolitas; em suma, escolhem a profissão segundo o ambiente e a pose em que preferem se ver.

O nome Kant nunca fora pronunciado diante de Törless, senão casualmente, e como se falassem de algo sagrado. Törless só podia mesmo pensar que Kant resolvera definitivamente todos os problemas da filosofia, e que, desde então, filosofar era uma ocupação supérflua, tal como considerava que, depois de Goethe e Schiller, não valia mais a pena fazer literatura.

Em sua casa, os livros desses autores ficavam no armário de portas de vidro verde, no escritório do pai, e Törless sabia que jamais esse armário era aberto, exceto para ser exibido a alguma visita — como o sacrário de uma divindade de quem gostamos de nos aproximar, que veneramos, porque sua existência nos livra da preocupação com determinados problemas.

Essa relação distorcida com literatura e filosofia surtiu sobre o futuro desenvolvimento de Törless um efeito pernicioso, que lhe proporcionaria muitas horas tristes. Pois desviava sua ambição de seus verdadeiros objetivos e, privado deles, o jovem procurara outros, caindo sob a influência dos colegas, rapazes decididos e brutais. Só uma vez ou outra voltavam suas legítimas inclinações, quase envergonhadas, deixando-o certo de se ter ocupado com coisas inúteis e tolas. No entanto, ainda eram fortes, e ele, em definitivo, não conseguia livrar-se delas. Essa luta roubava assim à sua personalidade os contornos nítidos e a postura ereta.

Mas naquele dia pareceu entrar em nova fase. As ideias sobre as quais pedira explicações ao professor já não eram elos desconexos, nascidos de uma fantasia caprichosa: mexiam fundo nele, sem o abandonar e fazendo-o sentir em todo o corpo a pulsação de uma parte de sua vida, sedenta delas. E isso era inteiramente novo para Törless, que sentia no íntimo um impulso antes desconhecido, romanticamente misterioso. Algo que devia ter tomado forma nos últimos tempos e de repente batia à sua porta com dedos imperiosos. O jovem sentia-se como a mãe que pela primeira vez sente os movimentos do fruto de seu ventre.

Aquela foi uma tarde maravilhosa.

Törless tirou da gaveta todas as suas tentativas poéticas. Sentou-se com elas junto ao fogão e permaneceu sozinho e despercebido atrás da sua chaminé. Folheou um caderno após o outro, depois rasgou-os bem devagar, em mil pedacinhos, jogando-os no fogo, saboreando a cada vez a doce emoção da despedida.

Com isso queria lançar fora de si toda a bagagem antiga, como se agora — sem nenhum impedimento — devesse dar toda a atenção ao futuro. Por fim ergueu-se e foi ter com os colegas. Já não precisava encarar os outros de soslaio. O que fizera fora puramente instintivo; nada, exceto o mero impulso, lhe dava segurança de que, a partir de então, seria realmente outra pessoa. "Amanhã", pensava, "amanhã farei cuidadosamente uma revisão em tudo, e haverei de compreender."

Andou pela sala, entre os bancos, espiou os cadernos abertos, nos quais, sobre o branco ofuscante, moviam-se dedos ocupados a escrever, indo rapidamente de um lado para outro, cada um arrastando atrás de si uma pequena sombra castanha — assistiu a tudo isso como alguém que de repente desperta, com olhos aos quais tudo parecia possuir um grave significado novo.

Mas já no dia seguinte teve uma grande decepção. Pela manhã, comprara o volume de Kant que vira na mesa do professor, e no primeiro intervalo pôs-se a ler. Mas, com tantos parênteses e notas de rodapé, não entendia nada; e quando percorria escrupulosamente as linhas com os olhos, era como se uma velha mão descarnada fizesse seu cérebro girar em espirais, arrancando-o de dentro do crânio.

Quando, meia hora depois, parou exausto, havia gotas de suor em sua testa — e chegara apenas à segunda página.

Trincou os dentes e leu mais uma página, até o intervalo acabar.

À noite, já não desejava nem tocar no livro. Medo? Repulsa? Não sabia. Só uma coisa o atormentava, nítida: era que o professor, pessoa de aparência tão apagada, tivesse aquele livro bem exposto no quarto, como se ele fosse uma diversão cotidiana.

Foi nesse estado de ânimo que Beineberg o encontrou.

— Bem, Törless, como foi ontem com o professor?

Estavam sentados sozinhos no vão de uma janela e tinham empurrado para a sua frente o cabide com os casacos pendurados, de modo que da classe vinham só um rumor de vozes abafadas e o reflexo das lâmpadas no teto. Törless brincava distraído com um dos casacos.

— Você está dormindo? Ele certamente lhe respondeu alguma coisa. Aliás, imagino que ele tenha ficado bastante atrapalhado, não?

— Por quê?
— Bem, talvez não estivesse preparado para uma pergunta tão boba.
— A pergunta não é boba e ainda não me livrei dela.
— Também não quis dizer isso; ela deve ter sido boba para o professor. Esses sujeitos decoram as coisas como um padreco decora o catecismo, e quando a gente faz uma pergunta um pouco diferente, sempre se atrapalham.
— Ele não ficou atrapalhado com a resposta. Nem me deixou acabar de falar, de tão depressa que achou a resposta.
— E como foi que explicou aquela coisa toda?
— Na verdade, não explicou. Disse que agora eu ainda não era capaz de entender, que são conceitos inerentes, que a gente só entende quando se ocupa intensamente do assunto.
— Mas aí é que está o logro! Eles não conseguem contar essas histórias a um sujeito que tenha apenas inteligência e nada mais. Isso só funciona depois que ele gastou dez anos de estudo afiado. Nesse meio-tempo ele faz milhares de cálculos sobre essa base e ergue enormes construções, sempre corretas até no menor detalhe; depois, ele acredita simplesmente na coisa, assim como os católicos acreditam na Revelação, pois ela sempre funcionou tão bem... Nesse caso, será que exige alguma arte convencer tal pessoa? Ao contrário, seria impossível convencê-la de que, embora sua construção se mantenha firme, cada pedra dela se desfaz no ar quando se quer agarrá-la!
Törless ficou aborrecido com os exageros de Beineberg.
— Também não é como você está dizendo. Nunca duvidei de que a matemática tem razão; afinal, os resultados mostram isso. Apenas achei estranho que tudo vá tão além do nosso entendimento; possivelmente tudo isso seja apenas aparente.
— Bem, você pode esperar os dez anos, depois talvez seu raciocínio esteja suficientemente trabalhado... Mas eu também pensei no assunto de nossa última conversa e estou firmemente convencido de que a coisa tem uma falha. Aliás, daquela vez você falou bem diferente do que hoje.
— Não. Ainda hoje acho duvidoso, apenas não quero exagerar, como você. Também acho tudo *estranho*. A ideia do irracional, do imaginário, das linhas paralelas que se cruzam no infinito... isto é, elas têm de se cruzar em *algum lugar*... tudo me empolga. Quando penso nisso,

fico atordoado como se tivessem batido na minha cabeça. — Törless inclinou-se para a frente, para dentro da sombra, e sua voz ficou levemente embargada: — Na minha mente tudo era muito claro e bem organizado; mas agora é como se meus pensamentos fossem nuvens, e quando chego a certos lugares, é como se houvesse um fosso no meio, através do qual posso ver uma amplidão imensa e indefinida. A matemática deve estar certa, mas o que há com minha cabeça e todo o resto? Os outros não sentem isso? Como é que essas coisas acontecem dentro deles? Não acontece nada?

— Acho que você pôde constatar isso com o seu professor. Você, quando chega a um assunto desses, olha em redor imediatamente e pergunta: como é que isso combina com o resto dentro de mim? Mas *eles*, que abriram em seu cérebro um caminho, milhares de trilhas em espiral, só olham até a curva que ficou logo atrás, para ver se ainda está firme o fio que vão tecendo na retaguarda. Por isso você os atrapalha com suas perguntas. Depois delas, ninguém encontra o caminho de volta. Aliás, como você pode afirmar que estou exagerando? Esses sujeitos adultos e sensatos se envolveram totalmente numa rede, um ponto segurando o outro, de modo que todo milagre parece natural; mas ninguém sabe onde fica o primeiro ponto, aquele que sustenta o resto.

"Nós dois nunca falamos tão seriamente a esse respeito, afinal não gostamos mesmo de discursar sobre essas coisas, mas agora você pode ver como as pessoas pensam bobagens sobre o mundo. A visão delas é ilusão, é logro, é debilidade mental! Anemia cerebral! O raciocínio delas só permite que inventem aquelas explicações científicas; fora disso o raciocínio congela, entende? Ha, ha! Todos esses pontos que os professores dizem ser demasiado sutis para que os entendamos e que não devemos ainda nos ocupar com eles: tudo coisa morta, congelada... Entende? Essas lâminas pontudas de gelo, tão admiradas, eriçadas para todos os lados, não servem para nada, pois estão mortas!"

Törless há muito se recostara novamente. O hálito ardente de Beineberg se retinha nos casacos, esquentando o cantinho onde se achavam. E, como sempre que se empolgava, Beineberg deixava Törless aborrecido. Especialmente agora que ele se aproximava tanto que seus olhos apareciam diante de Törless, imóveis como duas pedras esverdeadas, e suas mãos se moviam para lá e para cá na penumbra, com uma agilidade singularmente desprovida de beleza.

— Tudo o que eles afirmam é incerto. Naturalmente, dizem que tudo acontece por causa de leis naturais; quando uma pedra cai, é por causa da gravidade; mas por que não seria a vontade de Deus, e por que alguém que Lhe é agradável não ficaria livre de partilhar do destino da pedra? Mas para que estou dizendo essas coisas a você? Você sempre ficará no meio do caminho! Encontrar nele alguma coisa estranha, balançar um pouco a cabeça, horrorizar-se um pouco: é essa a sua maneira de ser; não se atreve a ir além. De resto, o problema não é meu.

— Será meu? Suas afirmações também não são tão seguras...

— Como pode dizer isso? Elas são a única coisa segura. E por que iria brigar com você só por causa disso? Você ainda vai ver, meu caro Törless, eu até aposto que um dia você ainda vai se interessar incrivelmente por saber dessas coisas. Por exemplo, quando acontecer com Basini isso que eu...

— Por favor, pare — interrompeu Törless. — Não desejo misturar isso em nossa conversa.

— Ah! Por que não?

— Por nada. Não quero, e pronto. Não me agrada. Basini e isso são coisas diferentes para mim; e não cozinho coisas diferentes na mesma panela.

Beineberg torceu os lábios, aborrecido com a inusitada determinação, até grosseira, do colega mais moço. Törless percebeu que a mera referência a Basini perturbara toda a sua segurança e, para esconder isso, começou a falar, muito aborrecido também.

— Aliás, você afirma coisas com uma certeza louca. Não acha que suas teorias podem estar construídas sobre areia, como as outras? Pois as suas são espirais muito mais tortuosas, que pressupõem muito maior boa-vontade.

Estranhamente, Beineberg não se alterou; apenas sorriu, um sorriso enviesado, seus olhos fuzilaram com dobrada inquietação — e ele disse num rompante:

— Você vai ver, você vai ver...

— Mas o que vou ver? Pois bem, então vou ver; mas não me interessa nem um pouco, Beineberg! Você não me compreende. Nem sabe o que me interessa. Se a matemática me atormenta e se... — ele refletiu depressa e nada disse sobre Basini —... e se a matemática me atormenta, bem, estou procurando por trás dela algo muito diferente do que você, que não é nada de sobrenatural. É exatamente o natural que procuro, entende? Nada que esteja fora de mim, é em mim que procuro algo, em mim! Algo natural! Mas que, apesar disso, não compreendo! Você não entende nada disso, como não entende a matemática... Ora, deixe-me em paz com suas especulações!

Törless tremia de nervosismo quando se levantou.

E Beineberg repetiu:

— Bem, veremos... veremos...

À noite na cama, Törless não conseguiu dormir.

Os quartos de hora esgueiravam-se como enfermeiras diante de seu leito, seus pés estavam gelados, o cobertor sufocava-o em vez de esquentá-lo.

No dormitório ouvia-se apenas a respiração regular dos alunos que, depois das aulas, da ginástica e das corridas ao ar livre, dormiam seu saudável sono animal.

Törless escutava a respiração dos que dormiam. Uma era a respiração de Beineberg, outra a de Reiting, e outra, ainda, a de Basini; qual, porém, ele escutava? Não sabia; mas era uma das muitas respirações regulares, calmas, seguras, que subiam e desciam como uma engrenagem mecânica.

Uma das cortinas de algodão ficara descida só pela metade; por baixo entrava a claridade da noite, desenhando no assoalho um quadrado pálido e hirto. O cordão prendera-se no alto, ou saltara fora, e pendia em sinuosidades feias, enquanto sua sombra rastejava no chão, atravessando o quadrado claro como um verme.

Tudo aquilo era de uma feiura grotesca e assustadora.

Törless tentou pensar em algo agradável. Pensou em Beineberg. Acaso não se mostrara superior a ele? Não ferira um pouco a soberba dele? Não conseguira, hoje, pela primeira vez, manter sua personalidade diante da do outro? Não conseguira destacar-se tanto que o outro sentiu a infinita diferença entre a sutileza da sensibilidade que separava as suas duas concepções de vida? Acaso soubera ele dar uma resposta à altura? Sim ou não?

Mas esse "sim ou não" ficou girando e cresceu em sua mente como bolhas que incham e arrebentam, e a pergunta não parava de crescer — sim ou não? sim ou não? — incessantemente, num ritmo semelhante ao rolar de um trem, ao oscilar de flores no alto dos caules, ao bater de um martelo ouvido através de muitas paredes finas de uma casa quieta... Esse "sim ou não", insistente, autocomplacente, repugnava Törless. Sua alegria era falsa, saltitava de modo tão ridículo...

Por fim, quando ele se ergueu, parecia que sua própria cabeça balançava, rolava, presa aos ombros, batia para cima e para baixo naquele ritmo...

Até que tudo em Törless emudeceu. Diante de seus olhos havia apenas uma superfície ampla e negra, estendendo-se num círculo para todos os lados.

Então, como que oriundas da fímbria desse círculo, vieram duas figurinhas desconjuntadas, atravessando a mesa. Eram obviamente seus pais. Mas tão pequenos que ele não conseguia sentir nada por eles.

E sumiram novamente do outro lado.

Depois vieram mais duas figuras; contudo — vejam só — uma terceira chegou correndo por trás e passou por elas, dando passos com o dobro do comprimento do corpo, e mergulhava atrás da quina da mesa; não era Beineberg? E outros dois: um deles seria o professor de matemática? Törless reconheceu-o pelo lencinho barato que repontava, faceiro, no bolso do casaco. E o outro? Aquele com o livro grosso debaixo do braço, um livro quase com a metade do seu tamanho? Um livro que ele nem conseguia carregar direito... Paravam a cada passo e colocavam o livro no chão. Törless ouviu a vozinha pipilante de seu professor dizer: "Se for realmente assim, encontraremos a resposta certa na página doze; a página doze nos remete à página cinquenta e dois; mas também o que foi comentado na página trinta e um é válido, e com essa pressuposição..." Estavam debruçados sobre o livro, enfiando as mãos nele, fazendo as folhas voarem. Depois de algum tempo, soergueram-se, e o outro acariciou cinco ou seis vezes o rosto do professor. Em seguida, adiantaram-se mais alguns passos, e Törless ouviu outra vez a voz, como se ela desenrolasse, na aula de matemática, um teorema comprido como uma lombriga. Até que o outro voltou a acariciar o professor.

O outro? Törless cerrou as sobrancelhas para ver melhor. Não usava uma trança? E um traje meio antiquado? Calções de seda até o joelho? Não era... Oh! E Törless acordou com um grito: Kant!

No momento seguinte, sorriu; tudo estava quieto ao redor, abrandara-se a respiração dos que dormiam. Também ele dormira; e sua cama se aquecera. Espreguiçou-se confortavelmente sob o cobertor.

"Então sonhei com Kant", pensou, "e por que não sonhei mais um pouco? Talvez ele tivesse me revelado alguma coisa."

Lembrou-se de como, certa ocasião, despreparado em história, sonhara tão vivamente a noite toda com personagens e fatos, que no dia seguinte escrevera a respeito como se houvesse participado de tudo e passara com "excelente" no exame. E pensou novamente em Beineberg, Kant, e na conversa do dia anterior.

Lentamente o sonho afastou-se de Törless — lento como um cobertor que vai descendo interminavelmente por um corpo nu.

Logo, porém, seu sorriso cedeu a uma estranha inquietação. Teria seu pensamento dado ao menos um passo em frente? Poderia ver ao menos *uma coisa* nesse livro que significasse a solução de todos os enigmas? E aquela sua vitória? Certamente fora apenas sua inesperada animação que levara Beineberg a se calar...

Mais uma vez foi dominado por um profundo desânimo e pela náusea física. Ficou deitado por alguns minutos, esvaziado pela repugnância.

Depois voltou a ter consciência de que seu corpo era tocado em todos os pontos pelos lençóis brandos e mornos da cama. Virou a cabeça cautelosamente, devagar, com todo cuidado. Sim, lá estava ainda, sobre o assoalho, o pálido quadrado — com os lados um pouco distorcidos, mas ainda com a sombra sinuosa rastejando pelo meio. Era como se ali houvesse um perigo que, de sua cama, como que protegido por grades, ele pudesse contemplar com calma e segurança.

Com isso despertou em sua pele, por todo o corpo, uma sensação que de repente se tornou memória. Quando ele era bem pequeno — sim, sim, fora naquele tempo — e ainda usava vestidinhos, e não ia à escola, havia momentos em que um indizível desejo de ser menina o dominava. E também esse desejo não ficava na mente — oh, não, nem no coração —, era algo que fazia cócegas no corpo todo e disparava por baixo da pele. Sim, havia instantes em que se sentia tão vivamente como uma menina que pensava não poder ser diferente. Pois, naquele tempo, Törless nada sabia sobre o significado das diferenças físicas, nem entendia por que todo mundo lhe dizia que precisava ser sempre menino. E quando lhe perguntavam por que achava que era menina, sentia que era impossível explicar seus sentimentos em palavras...

Nesse momento, pela primeira vez voltava a sentir algo parecido, disparando ao longo do corpo, por baixo da pele.

Algo que parecia acontecer simultaneamente no corpo e na alma. Um frêmito apressado, mil vezes multiplicado, como veludosas antenas de borboletas que tocassem seu corpo. E ao mesmo tempo a birra de menininhas, quando sentem que os adultos não as entendem, a arrogância com que dão suas risadinhas, zombando dos adultos, arrogância cheia de medo, sempre pronta a fugir correndo, sentindo que a qualquer instante pode escapulir para um esconderijo terrivelmente escavado no próprio pequeno corpo...

Törless riu baixinho e mais uma vez se esticou sob o cobertor.

Aquele homúnculo esquisito com o qual sonhara — como ele enfiava avidamente os dedos nas páginas! E aquele quadrado lá embaixo? Ha, ha! Será que aqueles homenzinhos espertos jamais sentiram aquela coisa na vida? Sentiu-se infinitamente seguro contra as pessoas espertas; pela primeira vez percebia que havia em sua própria sensualidade — pois há muito sabia que era isso — algo que ninguém lhe podia roubar, nem imitar, algo que o protegia de toda esperteza alheia, como um alto, secreto muro.

Será que aqueles homúnculos espertos, pensou, alguma vez se deitaram junto a uma parede solitária, assustando-se a cada farfalhar por trás do reboco, como se alguma coisa morta procurasse palavras para falar com eles? Será que alguma vez sentiram assim a música do vento nas folhas de outono — sentiram-na tão intensamente que, de repente, por trás dessa sensação, brotou um susto que lenta, lentamente se transformava em sensualidade? Numa sensualidade tão estranha que parecia antes uma fuga e depois um riso zombeteiro? Oh, é fácil ser esperto, enquanto não se conhecem todas essas perguntas...

Enquanto isso, aquele homenzinho parecia crescer enormemente, com um rosto implacável e severo, a cada vez fazendo passar da mente de Törless para o corpo todo um doloroso choque elétrico. Toda a dor por ainda se achar diante de um portão fechado — a sensação que há pouco fora banida pelos cálidos impulsos do seu sangue — voltou a despertar, e um queixume sem palavras varou a alma de Törless, como o uivo de um cão estremecendo por sobre amplos campos noturnos.

Assim ele adormeceu. Ainda no entressono olhou algumas vezes a mancha junto da janela, tal como se pega automaticamente num fio para ver se ainda está firme. Então, vagamente, uma resolução assomou a seu espírito: no dia seguinte, de novo ele pensaria em si mesmo, e seria melhor fazê-lo com pena e papel; em seguida, por fim, restou apenas uma agradável mornidão, como um banho e uma excitação sensual, de que já nem tinha consciência, mas que, de alguma forma muito intensa, apesar de ininteligível, ligava-se a Basini.

Depois Törless dormiu — um sono profundo e sem sonhos.

Mas foi com essa sensação que ele despertou no dia seguinte. Teria gostado de saber do que se tratava realmente, o que pensara sobre Basini no fim, meio desperto, meio sonhando, mas não foi capaz de recordar.

Restava-lhe apenas um estado enternecido, como o que domina uma casa no Natal, quando as crianças sabem que os presentes já estão ali, só que ainda trancados pela porta secreta, misteriosa, por cuja fresta apenas se vê passar um raio de luz.

À noite Törless permaneceu na sala de aula; Beineberg e Reiting tinham sumido em algum lugar, provavelmente o quartinho junto ao sótão; Basini sentara-se em sua mesa, na frente, a cabeça apoiada nas mãos, sobre um livro.

Törless comprara um caderno novo; ajeitou cuidadosamente a pena e o tinteiro. Em seguida, após refletir um pouco, escreveu na primeira página: *De natura hominum;* pensou que toda matéria filosófica merecia um título latino. Depois traçou um arabesco emaranhado ao redor do título e recostou-se na cadeira, à espera de que a tinta secasse.

Isso, porém, acontecera há bastante tempo, e ele ainda não voltara a pegar da pena. Alguma coisa o mantinha imóvel. Era a atmosfera hipnótica dos grandes lampiões quentes, o calor animal que emanava daquela massa de gente. Ele sempre fora sensível àquele estado de ânimo que conseguia deixá-lo febricitante e sempre se ligava a uma extraordinária sensibilidade do espírito. Assim também acontecia nesse momento. Durante o dia, ele planejara o que pretendia anotar: toda a série de experiências começadas na noite com Bozena até a imprecisa sensualidade que o dominara da última vez. Quando tudo estivesse anotado e organizado — ele esperava —, haveria de delinear-se um desenho compreensível, como uma linha circundante emerge do confuso quadro de centenas de curvas que se interseccionam. Mais ele não queria. Até então fora como o pescador que sente pelo puxão da rede que pegou uma presa pesada e, apesar de todos os esforços, não consegue trazê-la à tona.

E Törless começou realmente a escrever — rapidamente, sem atentar para a forma.

"Sinto", anotou, "algo em mim, e não sei ao certo o que é".

Depois riscou depressa a frase e em seu lugar escreveu:

"Devo estar doente... insano!"

Sentiu um calafrio, pois essa palavra era agradavelmente patética. "Insano — o que mais me faz estranhar assim coisas que são normais para os outros? E por que essa estranheza me atormenta? E por que essa estranheza provoca em mim a sensualidade carnal?" Escolhia deliberadamente expressões de sabor bíblico por lhe parecerem mais sombrias e consistentes: "Outrora eu a enfrentei como qualquer rapaz, como todos os meus colegas..." Mas interrompeu-se. "Será verdade mesmo?", pensou. "Até com Bozena, por exemplo, foi esquisito; quando foi então que de fato isso começou? Não importa", pensou, "começou um dia." Deixou, porém, a frase incompleta.

"Quais são as coisas que me causam estranheza? As mais insignificantes. Em geral, coisas sem vida. O que é que nelas me causa estranheza? Algo que desconheço. Mas é justamente isso! De onde tiro esse 'algo'? Sinto que ele existe; age sobre mim; como se quisesse falar. Fico desvairado como uma pessoa que deve ler palavras nos lábios de um mudo e não consegue. Como se eu possuísse um sentido a mais do que as outras pessoas, só que ainda incompleto. O mundo para mim está cheio de vozes mudas: serei um visionário ou um alucinado?

"Mas não é apenas o inanimado que age sobre mim; não, o que me deixa muito mais perplexo são as pessoas. Até algum tempo atrás, eu as via como elas mesmas se veem. Beineberg e Reiting, por exemplo: possuem o seu quartinho, um cubículo ordinário, escondido no sótão, pois diverte-os o fato de disporem de um lugar desses para se refugiarem. Fazem uma coisa porque têm raiva de alguém, fazem outra porque querem evitar que alguém mais tenha influência sobre os colegas: motivos claros e compreensíveis. Atualmente, porém, vejo-os como se sonhasse e eles fossem personagens desse sonho. Não as suas palavras, não os seus atos, não apenas isso, mas tudo neles, ligado à sua proximidade física, age sobre mim como as coisas inanimadas. E, contudo, ouço-os falar como sempre, percebo que seus atos e palavras ainda seguem a mesma sequência de antes... Quero constantemente dizer a mim mesmo que não está acontecendo nada de extraordinário, e com a mesma constância algo em mim nega isso. Essa mudança começou, se bem me lembro, com Basini..."

Nesse ponto, Törless olhou involuntariamente para Basini.

Basini ainda se achava debruçado sobre seu livro; parecia estudar. Vendo-o ali sentado, os pensamentos de Törless emudeceram, e ele novamente sentiu em si os excitantes tormentos que há pouco descrevera. Pois tão logo teve consciência de como Basini estava à sua frente, sossegado e inofensivo, não se distinguindo dos outros à direita e à esquerda, reviveram nele as humilhações que Basini sofrera. Reviveram nele — ou seja, Törless estava longe de pensar nelas com aquela relativa indulgência que resulta da reflexão moral com que as pessoas, depois de humilhadas, depressa tentam recuperar a sua imperturbabilidade; imediatamente se ergueu dentro dele alguma coisa, em círculos enlouquecidos, deformando inacreditavelmente a figura de Basini por um momento, depois dilacerando-a em distorções inauditas, até que Törless ficou tonto. Isso, porém, eram apenas comparações que ele inventaria posteriormente. Na hora, teve apenas a impressão de que de seu peito fechado subia, numa louca espiral até a cabeça, uma sensação de vertigem. E, dentro dela, pululavam como pequenos pontos coloridos os sentimentos que nutrira em várias épocas em relação a Basini.

Na verdade, fora sempre um só e mesmo sentimento. E, estranhamente, nem era sentimento, mas um tremor, bem no fundo, sem levantar ondas perceptíveis, fazendo não obstante a alma estremecer tão poderosamente que, ao lado dessas tempestuosas emoções, as ondas pareciam apenas inofensivos encrespamentos da superfície.

E, se essa sensação lhe viera diferentemente à consciência em diversas épocas, era porque, para explicar essa onda que inundava todo o seu organismo, ele só dispunha das imagens que entravam em seus sentidos — como se de um mar estendido até o infinito na escuridão saltassem no ar partículas contra os rochedos de uma praia iluminada, para logo voltarem a mergulhar desamparadas, fugindo ao círculo da luz.

Por isso, tais impressões eram instáveis, mutáveis, acompanhadas pela consciência de serem apenas casuais. Törless não conseguia retê-las, pois, olhando melhor, sentia que essas imagens na superfície não tinham nenhuma relação com a força da massa escura lá no fundo que elas pretendiam representar.

Ele nunca "via" Basini como uma forma física, numa atitude viva: apenas a ilusão, de certo modo apenas uma visão de visões. Pois era sempre como se uma imagem acabasse de se esgueirar rapidamente sobre a misteriosa superfície, e jamais ele conseguia apanhá-la no momento de sua passagem. Por isso, sentia uma inquietação constante, como num filme, quando, ao lado da ilusão do conjunto, não se consegue abandonar a vaga certeza de que, por trás da imagem que se recebe, passam centenas de imagens diferentes. Não sabia, no entanto, onde encontrar, dentro de si, essa força ilusória — força que, em sua mais diminuta fração, era sempre insuficientemente ilusória. Apenas adivinhava obscuramente que ela se ligava àquela enigmática qualidade de sua alma, de ser atingida também pelas coisas inanimadas, pelos meros objetos, como se fossem centenas de olhos silenciosos e interrogativos.

Assim, Törless ficou sentado, quieto e hirto, olhando incessantemente para Basini, totalmente enredado na louca vertigem interior. E continuava emersa a indagação: o que é essa qualidade singular que possuo? Aos poucos já nem via Basini, nem os lampiões ardentes, nem sentia o calor animal ao redor, nem o rumor que se ergue de uma multidão de pessoas, ainda que apenas sussurrem. Tudo isso girava em círculo em volta dele, uma massa incandescente e escura. Só nos ouvidos sentiu um ardor, e um frio gélido nas pontas dos dedos. Encontrava-se no estado de uma febre mais moral do que física, que ele apreciava muito. Essa disposição intensificava-se, misturada a emoções ternas. Outrora, nesse estado, ele gostava de se entregar às recordações que a mulher deixa quando seu hálito quente roça pela primeira vez uma alma juvenil. E também hoje despertava nele esse calor fatigado. Uma lembrança veio a ele... Fora numa viagem... Numa cidadezinha italiana... Ele se hospedara com os pais numa estalagem perto do teatro. Todas as noites representavam ali a mesma ópera, e todas as noites ele, na estalagem, escutava cada palavra e cada som. Mas não dominava o idioma. Ainda assim, todas as noites sentava-se diante da janela aberta, à escuta. E dessa maneira se apaixonara por uma das atrizes, sem jamais tê-la visto. Nunca ficara tão comovido com o teatro como nessa ocasião; sentia a paixão das melodias como o tatalar das asas de grandes aves escuras, como se pudesse seguir as linhas que esse voo traçava na sua alma. Não eram paixões humanas que ele ouvia, não, eram paixões que fugiam das pessoas como de gaiolas demasiadamente cotidianas e apertadas. Imerso nessa excitação, ele não conseguia imaginar as pessoas que, invisíveis, eram impelidas por aquelas paixões; se tentava imaginá-las, imediatamente labaredas obscuras tremulavam diante de seus olhos, em dimensões descomunais, tal como na escuridão crescem os corpos humanos e rebrilham seus olhos feito espelhos dos poços mais fundos. Essa chama opaca, esses olhos na treva, esse tatalar de asas negras, era o que ele amava sob o nome da atriz desconhecida.

Quem criara a ópera? Ele não sabia. Talvez o enredo não passasse de um romance de amor, sentimental e sem graça. Seu criador teria sabido que aquela música transformava todas as coisas?

Törless sentiu o corpo todo oprimido por um pensamento: os adultos também serão assim? O mundo será assim? Será lei geral que exista em nós algo mais forte, mais belo, maior, mais apaixonado, mais sombrio do que nós mesmos? Algo sobre o qual exercemos tão pouco poder? Podemos apenas espalhar milhares de sementes, sem objetivo, até que uma delas repentinamente floresça como uma flama escura, crescendo muito acima de nós?... E em cada nervo de seu corpo tremia em resposta um impaciente "sim".

Törless olhou em volta com olhos brilhantes. Os lampiões, o calor, a luz, as pessoas aplicadas ainda se achavam ali. Sentia-se um escolhido entre todos. Como um santo, com visões celestiais — ele, que nada sabia sobre a intuição dos grandes artistas.

Rápido, com a pressa do medo, pegou a pena e anotou algumas frases sobre sua descoberta; mais uma vez pareceu que de uma luz em seu interior emanavam fagulhas... depois uma chuva cinzenta baixou sobre seus olhos, e em seu espírito extinguiu-se a sensação de glória...

O episódio com Kant achava-se totalmente superado. Durante o dia, Törless não pensava mais nele; seguro de estar na iminência de resolver seus próprios enigmas, não se importava mais com os caminhos de outra pessoa. Desde a última noite, era como se já tivesse sentido na mão o trinco da porta que levava ao outro lado — apenas este lhe escapara outra vez. Mas, como reconhecera que tinha de renunciar à ajuda dos livros de filosofia, e como não confiasse muito neles, estava bastante perplexo quanto à maneira de recuperar aquele trinco. Tentou algumas vezes prosseguir com suas anotações, mas as palavras escritas eram mortas, uma série de pontos de interrogação horrendos, bem conhecidos, sem que retornasse o momento em que ele olhara através delas como numa abóbada iluminada pela trêmula claridade de velas.

Então decidiu, sempre que possível, procurar as situações que surtiam um efeito tão peculiar, e seguidamente seu olhar pousava em Basini, quando este, supondo não ser observado, andava inocentemente entre os outros. Um dia, Törless pensava, isso vai tornar a viver em mim, e talvez mais claro e nítido do que antes.

Tranquilizava-o a ideia de que isso era como estar num quarto escuro, e não restava nada a fazer senão tatear continuamente pelas paredes trevosas.

À noite, porém, esse modo de pensar mudava um pouco. Envergonhava-se de não ter buscado no livro que o professor lhe mostrara uma explicação que talvez ele contivesse. Ficava deitado bem quieto, ouvindo Basini, cujo corpo profanado respirava tão tranquilo quanto os dos demais. Jazia sossegado, como um caçador à espreita, com a sensação de que o tempo de espera traria a recompensa. Mas sempre que se lembrava do livro, uma dúvida roía com dentes finos aquela calma: era o pressentimento de estar fazendo algo inútil, a confissão hesitante de que sofrera uma derrota.

Sempre que essa sensação imprecisa o dominava, sua atenção perdia aquele atributo pacato com que se acompanha o desenrolar de uma experiência científica. Parecia que de Basini emanava um fluido físico, uma excitação, como quando se dorme ao lado de uma mulher de quem se pode, a qualquer momento, tirar o cobertor. Era como um arrepio no cérebro, nascido da consciência de que basta estender a mão: a mesma coisa que muitas vezes leva jovens casais a excessos sensuais muito além das exigências de seus corpos.

※

Conforme a intensidade com que pensava que, se ele soubesse o que sabiam Kant, seu professor e os adultos já formados, talvez esse empreendimento de agora lhe parecesse ridículo — conforme a intensidade desse choque, tornavam-se mais ou menos fortes os impulsos sexuais que o mantinham de olhos abertos e ardentes, apesar do silêncio e da quietude em que todos se entregavam ao sono. Vez por outra as chamas desses impulsos ardiam tão poderosas que sufocavam qualquer outro pensamento. E se, nesses instantes, Törless se entregava às suas insinuações, em parte ansioso, em parte desesperado, acontecia com ele o mesmo que com todas as pessoas que mais se inclinam para a louca explosão da sensualidade devassa que dilacera a alma, quando sofrem um fracasso que perturbou a sua autoconfiança...

Assim, quando, depois da meia-noite, ele jazia num sono leve e inquieto, parecia-lhe algumas vezes que alguém se levantava da cama de Reiting ou de Beineberg, pegava o sobretudo e se dirigia até Basini. Depois saíam juntos do dormitório... Mas também podia não passar de imaginação...

Vieram então dois feriados; como caíssem numa segunda e terça-feira, o diretor liberou os alunos já no sábado, e houve quatro dias de folga. Para Törless, porém, era muito pouco para empreender a longa viagem até sua casa; esperara, portanto, que pelo menos seus pais o visitassem, mas o pai foi retido por negócios urgentes no ministério e a mãe não passava bem, de modo que não podia submeter-se sozinha às fadigas da viagem.

Só quando recebeu a carta em que os pais lhe diziam isso, acrescentando ternas palavras de consolo, Törless sentiu que no fundo não lamentava muito. Quase o teria incomodado — pelo menos o teria perturbado gravemente — enfrentar os pais nesse momento.

Vários alunos receberam convites para passar os feriados em propriedades próximas. Também Dschiusch, cujos pais possuíam uma bela propriedade a um dia de viagem da pequena cidade, aproveitou a folga e levou consigo Beineberg, Reiting e Hofmeier. Basini também fora convidado por Dschiusch, mas Reiting ordenara-lhe que recusasse. Törless pretextou não saber se seus pais viriam ou não; absolutamente não se sentia disposto a participar de festas e conversas alegres e inocentes.

Já na tarde de sábado, o casarão estava silencioso, quase abandonado. Andando pelos corredores, Törless escutava os ecos de um extremo ao outro; ninguém se importava com ele, pois também a maioria dos professores saíra para uma caçada ou para qualquer outro lugar. Só nas refeições, agora servidas num pequeno aposento ao lado do refeitório vazio, encontravam-se os poucos alunos que tinham permanecido; retirando-se da mesa, seus passos se dispersavam na amplidão de corredores e quartos, tragados pelo silêncio da casa; levavam uma vida tão ignorada quanto as aranhas e as centopeias no porão e no sótão.

Dos alunos de sua classe, exceto um ou outro que se achava nas enfermarias, só Törless e Basini tinham ficado. Na despedida, Törless trocara algumas palavras secretas com Reiting sobre Basini. Reiting receava que este aproveitasse a ocasião para pedir proteção a algum dos professores e recomendou que Törless o vigiasse cuidadosamente.

Não era preciso isso para que Törless concentrasse sua atenção em Basini.

Mal se aquietara a agitação das carruagens, dos criados com as malas, dos alunos despedindo-se uns dos outros entre brincadeiras, Törless foi dominado pela imperiosa consciência de ficar sozinho com Basini.

Foi depois do primeiro almoço. Basini estava sentado na frente, em sua mesa, escrevendo uma carta; Törless sentara-se num canto mais afastado, atrás, tentando ler.

Era a primeira vez que retomava aquele livro, e imaginara detalhadamente toda a situação: na frente, achava-se Basini; atrás, ele próprio, retendo-o no olhar, grudando-se nele e penetrando nele. Era assim que pretendia ler: a cada página penetrando mais fundo em Basini. Era assim que tinha de ser; era assim que ele teria de encontrar a verdade, sem soltar as rédeas da vida, a vida viva, complicada, ambígua, cheia de dúvidas...

Mas não foi possível, como sempre que imaginava algo antecipadamente com excessivo cuidado. Era pouco espontâneo, e sua animação rapidamente se transformou em um tédio denso, viscoso, repulsivo, que se agarrava a cada uma de suas tentativas forçadas.

Törless jogou o livro no chão com raiva. Basini olhou para trás, assustado; continuou, porém, a escrever depressa.

As horas arrastaram-se assim até o anoitecer. Törless ficou sentado ali, num estupor. A única coisa que se destacava em sua consciência embotada era o tiquetaquear do relógio de bolso, sacudindo-se como um rabinho atrás do preguiçoso corpo das horas. O aposento estava imerso em penumbra. Há muito Basini já não podia escrever... "Ah", pensou Törless, "sem dúvida ele não se atreve a acender a luz." Ainda estaria sentado em seu lugar? Törless contemplara a paisagem crepuscular e teve de acostumar os olhos à escuridão da sala. Sim. Ali, a sombra imóvel, devia ser ele. E estava suspirando... uma vez... duas vezes... ou dormia?

Um criado entrou e acendeu as luzes. Basini sobressaltou-se e esfregou os olhos. Depois tirou um livro da carteira, parecendo disposto a estudar.

Os lábios de Törless ardiam de desejo de falar com ele e, para evitar isso, saiu da sala quase correndo.

À noite, Törless quase atacou Basini, tal a sensualidade que despertara nele depois do sofrimento do dia embotado e vago. Por sorte o sono aliviou-o em tempo.

Passou-se o dia seguinte, nada trazendo senão a mesma esterilidade do silêncio. O silêncio — a expectativa — deixava Törless superexcitado, aquela atenção constante devorava todas as suas forças espirituais, de modo que ele já nem conseguia pensar.

Abatido, decepcionado, insatisfeito consigo e duvidando de si, deitou-se cedo.

Estava há muito num entressono inquieto e ardente quando ouviu Basini chegar.

Sem se mover, seguiu com o olhar o vulto escuro que passava por sua cama; ouviu o ruído das roupas tiradas; depois o estalar da coberta puxada sobre o corpo.

Törless sustinha a respiração, mas já não ouvia nada. E, ainda assim, não o abandonava a sensação de que Basini não dormia, mas estava à espreita, na escuridão, tão tenso quanto ele.

Assim passaram-se vários quartos de hora — horas inteiras interrompidas pelo leve rumor dos corpos mexendo-se nas camas.

Törless achava-se num estado singular que o mantinha acordado. Ontem tinham sido imagens sensuais, com as quais delirava. Só no fim haviam-se dirigido para Basini, alçando-se ao mesmo tempo em que a implacável mão do sono as anulava; por isso ele guardara apenas uma lembrança obscura delas. Mas hoje, desde o começo, não havia senão impulso de se erguer e ir até Basini. Enquanto tivera a sensação de que Basini estava acordado, escutando, quase não pudera aguentar; e agora que o outro certamente dormia, era pior; Törless sentia uma excitação cruel, o desejo de atacar o adormecido como se fosse uma presa.

Já sentia os músculos fremindo no movimento de se levantar e sair da cama. Apesar disso, não conseguia livrar-se da sua imobilidade.

Afinal, perguntava-se, o que farei lá com ele? E, no seu medo, quase falara alto. Teve de admitir que sua crueldade e sua sensualidade não tinham um objetivo determinado. Teria ficado constrangido caso realmente se lançasse sobre Basini. Não quereria surrá-lo? Deus me livre! Mas então de que maneira pretendia saciar nele a sua excitação sensual? Sentiu uma involuntária repulsa ao pensar nos vários pecados em que os meninos caem. Expor-se assim diante de outra pessoa? Jamais!

Contudo, na medida em que essa repugnância crescia, fortalecia-se também o desejo de ir até Basini. Por fim, Törless se sentia avassalado pela loucura daquele ato, e uma força física parecia puxá-lo para fora da cama como se estivesse preso a uma corda. E enquanto todas as imagens fugiam de sua mente e ele dizia a si mesmo, sem cessar, que era melhor tentar dormir de uma vez, ergueu-se mecanicamente da cama. Ergueu-se bem devagar — sentia nitidamente que aquela força emocional passo a passo vencia a sua resistência. Primeiro um braço… depois o tórax, os joelhos saíram da coberta… depois… De repente, correu descalço até Basini, sentando-se na beira da cama dele.

Basini dormia.

Parecia ter sonhos agradáveis.

Törless ainda não era senhor de seus gestos. Por um momento ficou sentado, quieto, encarando o adormecido. Pela sua mente passavam rapidamente os pensamentos breves, fragmentados, que mal registram a situação, como quando perdemos o equilíbrio e caímos, ou quando nos arrancam um objeto da mão. Sem refletir, ele pôs a sua no ombro de Basini e sacudiu-o, acordando-o.

O rapaz adormecido espreguiçou-se algumas vezes, depois ergueu-se e fitou Törless com os olhos embaralhados de sono.

Törless assustou-se, perturbou-se; pela primeira vez teve consciência do que fazia, e não sabia como agir. Envergonhou-se terrivelmente. Seu coração pulsava tão forte que se podiam ouvir as batidas. Em sua boca acumulavam-se as explicações, os pretextos. Quis perguntar a Basini se ele não tinha fósforos, se podia dizer as horas…

Basini ainda o encarava perplexo.

Törless estava retirando o braço, sem dizer palavra, estava deslizando da cama para voltar silenciosamente à sua, quando Basini pareceu entender a situação, de repente erguendo-se mais.

Törless ficou parado ao pé da cama, indeciso. Basini fitou-o mais uma vez com um olhar interrogativo e avaliador, depois saiu inteiramente da cama, enfiou o casaco e os chinelos, e foi em frente, arrastando os pés.

Como num golpe, Törless compreendeu que não era a primeira vez que Basini fazia isso.

De passagem pegou a chave do quartinho, escondida debaixo do seu travesseiro...

Basini andava diretamente para o sótão. Parecia conhecer muito bem o caminho que antes lhe haviam ocultado. Segurou o caixote quando Törless trepou, afastou os cenários, com movimentos discretos, como um lacaio bem treinado.

Törless abriu a porta e entraram. Ficou de costas para Basini e acendeu o pequeno lampião.

Quando se voltou, Basini estava nu diante dele.

Törless recuou um passo involuntariamente. A súbita visão do corpo nu, branco como neve, atrás do qual o vermelho das paredes parecia sangue, deixava-o ofuscado e perplexo. Basini tinha um belo corpo — quase sem nenhum traço de virilidade, de uma magreza casta e esguia, como a de uma donzela. Törless sentia essa nudez incendiar seus nervos como alvas labaredas ardentes. Não conseguia evitar o poder de tamanha beleza. Até esse momento, não soubera o que era o belo. Pois o que era a arte para ele, um jovem apenas, e o que sabia dela? Até certa idade ela não passa de algo incompreensível e enfadonho para quem é criado ao ar livre!

Ali, porém, a arte chegava pelos caminhos do sexo. Secreta e súbita. Um sopro cálido e perturbador se desprendia daquela pele nua, aliciante, macia e plena de sensualidade. Vibrava nela também algo solene, quase sagrado.

Passada a primeira surpresa, Törless envergonhou-se. Ele é um homem! Essa ideia o indignava, embora sentisse que com uma jovem seria a mesma coisa.

E, em meio à sua vergonha, dirigiu-se rudemente a Basini:

— O que é que você está pensando? Vista-se imediatamente!

Agora era o outro que parecia perplexo; pegou o casaco do chão, hesitante, sem tirar os olhos de Törless.

— Sente-se aí! — ordenou Törless.

Basini obedeceu.

Törless recostou-se na parede com as mãos cruzadas nas costas.

— Por que tirou a roupa? O que queria de mim?

— Bem, pensei...

Fez uma pausa, mais hesitante ainda:

— Pensou o quê?

— Os outros...

— Que outros?

— Beineberg e Reiting...

— Beineberg e Reiting? O que faziam? Você tem de me contar tudo! Estou mandando, entendeu? Embora eles já me tenham dito tudo.

Törless ruborizou-se diante dessa mentira desajeitada. Basini mordeu os lábios.

— Como é, vai falar?

— Não, não peça que eu conte nada! Por favor, não me peça isso! Farei tudo o que você quiser. Mas não me peça para falar... Você tem um jeito tão estranho de me atormentar...

Ódio, medo e súplica lutavam nos olhos de Basini. Sem querer, Törless concordou:

— Mas não quero atormentar você. Quero apenas obrigá-lo a dizer pessoalmente toda a verdade. Talvez até em seu próprio interesse.

— Mas eu não fiz nada que valha a pena ser contado.

— Ah, é? Por que então tirou a roupa?

— Os outros sempre queriam isso.

— E por que fazia o que eles queriam? Você é covarde? Um covarde miserável!

— Não, não sou covarde! Não diga isso!

— Cale a boca! Se tem medo de apanhar deles, talvez também não goste de apanhar de mim!

— Mas não tenho medo de apanhar deles.

— Ah, é? De que tem medo então?

Törless falava calmamente agora. Já estava aborrecido com a grosseria de suas ameaças. Mas tinham escapado sem ele querer, porque parecia que Basini ligava menos para ele do que para os outros.

— Se não tem medo, como disse, o que fazem então?

— Dizem que, se eu obedecer a eles, depois de algum tempo tudo me será perdoado.

— Pelos dois?
— Não, de modo geral.
— Mas como podem ter prometido isso? Eu também estou aqui!
— Eles dizem que cuidarão disso.

Isso foi um golpe para Törless. Lembrou-se das palavras de Beineberg, de que Reiting agiria com ele como fazia com Basini. E se realmente houvesse uma intriga contra ele, como a resolveria? Não estava à altura dos dois nesse terreno, e até que ponto eles iriam? Fariam o mesmo que com Basini? Tudo nele se opunha à ameaça dessa ideia.

Passaram-se alguns minutos entre ele e Basini. Törless sabia que não tinha a mesma obstinação e audácia dos outros dois nesse terreno — mas apenas porque se interessava pouco por aquilo, porque nunca sentia sua personalidade toda em jogo. Sempre tivera mais a perder do que a ganhar. Se, porém, um dia fosse diferente, sentia que também teria coragem e resistência. Só teria de saber em que momento apostar tudo.

— Eles lhe disseram mais coisas? Sobre o que pensam de mim?
— Não. Apenas disseram que dariam um jeito em você.

Ainda assim... havia algum perigo... escondido em algum lugar... espreitando Törless... Cada passo seu podia cair numa armadilha, cada noite podia ser a última antes da batalha. Essa ideia causava-lhe uma insegurança insuportável. Já não era mais como se deixar levar, indiferente, num jogo com rostos enigmáticos; aquilo tinha quinas duras, era a realidade palpável.

A conversa recomeçou.

— E o que é que eles fazem com você?

Basini ficou calado.

— Se tem interesse em se corrigir, tem de me dizer tudo.
— Eles me mandam tirar a roupa.
— Sim, sim, eu vi isso... E depois...

Passou-se um momento; Basini disse de repente:
— Várias coisas.

Falou num tom efeminado e faceiro.

— Então você é a... a amante deles?
— Não, sou apenas amigo deles.
— Como se atreve a dizer isso?
— Mas são eles que dizem isso.
— O quê...

— Sim, Reiting diz.
— Ah! Reiting?
— Sim, ele é muito amável comigo. Em geral tenho de ficar nu e ler em voz alta para eles, livros de história, de Roma e dos imperadores, dos Bórgias, de Timur Khan... Bem, você sabe, coisas assim, sangrentas, imponentes. E ele é até carinhoso comigo... Depois, quase sempre me bate.
— Depois do quê... Ah, sim...
— Sim. Ele diz que, se não batesse em mim, teria de imaginar que sou um homem, e nesse caso não deveria ser tão carinhoso e terno comigo. Mas se bate em mim, eu não passo de um objeto, e ele não precisa se envergonhar.
— E Beineberg?
— Ah, Beineberg é um bruto. Você também não acha que ele tem mau hálito?
— Cale a boca! Minha opinião não lhe interessa! Conte o que Beineberg faz com você!
— Bem, a mesma coisa que Reiting... Mas você não deve gritar logo comigo...
— Vá falando.
— Bem... ele faz de outro jeito. Primeiro fala longamente sobre a minha alma. Que eu a sujei, mas de certa forma apenas no vestíbulo dela, que é sem importância, que é apenas o exterior e comparado com o que há dentro dela... Mas esse exterior precisa ser morto: foi assim que muitos pecadores se tornaram santos. E por isso, de um ponto de vista mais alto, o pecado não é tão ruim assim; apenas é preciso levá-lo ao extremo, para que se anule. Ele me manda ficar sentado olhando para um vidro polido...
— Ele hipnotiza você?
— Não. Diz que precisa adormecer todas as coisas que boiam na superfície da minha alma e deixá-las sem força. Só depois pode ter relações com a minha alma.
— E como é que tem relações com ela?
— Bem, essa experiência ele nunca conseguiu realizar. Fica sentado, e eu tenho de me deitar no chão, de modo que ele possa pôr os pés sobre meu corpo. Fico sonolento e preguiçoso por causa daquele vidro. Então, de repente, ele me manda latir. Manda que eu faça isso baixinho, quase ganindo, como um cachorro que late durante o sono.

— Mas para quê isso serve?

— Ninguém sabe. Ele também me manda grunhir como um porco e sempre repete que tenho alguma coisa desse animal. Mas não faz como se quisesse me insultar; repete tudo baixinho, num tom amável, para, como ele diz, imprimir essas coisas firmemente nos meus nervos. Pois afirma que possivelmente fui um porco em outra encarnação e que é preciso esconjurá-lo para torná-lo inofensivo.

— E você acredita nisso tudo?

— Deus me livre! Acho que nem ele acredita. E depois, no fim, ele sempre é bem diferente. E como posso acreditar nessas coisas? Quem é que hoje em dia ainda acredita em alma? Quanto mais em reencarnação! Sei muito bem que errei, mas sempre tive esperança de me corrigir. Para isso não se precisa de todo esse abracadabra. Nem quebro a cabeça por causa do meu erro. Essas coisas acontecem por si e muito depressa; a gente só percebe depois que fez a bobagem. Mas se ele se diverte com isso, procurando alguma coisa espiritual, que o faça por mim. Por enquanto preciso mesmo obedecer. Mas preferia que ele não me espetasse...

— O quê?

— É, com uma agulha, mas não com força; só para ver como reajo... para ver se nota alguma coisa em alguma parte do meu corpo. Mas dói. Ele diz que os médicos não entendem nada disso; não me lembro do que ele disse que pretende provar, só lembro que ele fala muito em faquires que, contemplando sua própria alma, conseguem ficar insensíveis às dores do corpo.

— Bem, conheço essas ideias; mas você disse que isso não é tudo.

— Claro que não; eu também disse que considero isso apenas um capricho dele. Depois, por alguns quartos de hora, ele fica calado, e não sei em que pensa. Mas, por fim, de repente, exige que eu deixe que ele se sirva de mim... fica como se estivesse louco... muito pior do que Reiting.

— E você faz tudo o que ele pede?

— O que mais posso fazer? Quero me tornar outra vez um rapaz decente e ter sossego.

— Mas não se importa com o que acontece enquanto isso?

— Não posso fazer nada contra.

— Preste bem atenção agora e responda à minha pergunta: como foi capaz de roubar?

— Como? Olhe, eu precisava muito do dinheiro; tinha dívidas com o homem da confeitaria, que não queria mais esperar. E achei que com certeza meu dinheiro viria. Nenhum dos colegas queria emprestar, eles próprios não tinham nenhum, e os avaros ficam felizes da vida quando alguém como eu está sem dinheiro no fim do mês. Eu não queria enganar ninguém; apenas queria tomar emprestado secretamente...

— Não é disso que estou falando — interrompeu Törless, impaciente com o relato, que obviamente aliviava Basini. — Estou perguntando *como* foi que você pôde fazer aquelas coisas, como se sentia? O que pensava nessa hora?

— Bem, nada. Era só um momento, eu não sentia nada, não pensava em nada, e de repente tinha acontecido.

— Mas e na primeira vez, com Reiting? Quando ele lhe pediu para fazer aquelas coisas pela primeira vez? Está entendendo?...

— Oh, foi muito desagradável. Porque foi uma coisa forçada. Pois, caso contrário... Pense em quantos fazem isso voluntariamente, por prazer, sem que ninguém saiba de nada. Desse jeito acho que não é tão ruim.

— Mas você faz isso por ordem de outros. Você se rebaixa. Como se rastejasse na lama porque outro manda.

— Admito que sim. Mas sou obrigado.

— Não, não é.

— Eles me surrariam, ou me denunciariam. Toda a vergonha cairia sobre mim.

— Bem, vamos esquecer isso agora. Quero que me diga outra coisa. Olhe, eu sei que você deixou muito dinheiro com Bozena. Você se vangloriou de sua virilidade diante dela. Pretende ser um homem? Não só da boca para fora, mas com toda... toda a sua alma? Agora veja, de repente alguém exige que você lhe preste um serviço tão degradante, e você sente que é covarde demais para dizer não: será que não houve uma ruptura em todo o seu ser? Um susto impossível de descrever, como se algo indizível tivesse acontecido dentro de você?

— Meu Deus, não estou entendendo o que você fala; não sei o que você está querendo; não posso lhe dizer nada, nada.

— Pois preste atenção: agora vou mandar que tire a roupa outra vez. Basini sorriu.

— Vai se deitar no chão à minha frente. Não ria! Estou realmente ordenando, ouviu? Se não obedecer imediatamente, vai ver o que espera você quando Reiting voltar! Assim. Bem, agora você está deitado, nu, no chão à minha frente: está tremendo, não sente frio? Agora, se eu quisesse, poderia cuspir no seu corpo nu. Ponha a cabeça bem contra o chão; a poeira no assoalho não parece estranha? Como uma paisagem de nuvens e rochedos do tamanho de uma casa? Eu podia enfiar agulhas no seu corpo. Ali no nicho junto do lampião ainda há algumas. Já as sente na sua pele? Mas não quero. Poderia mandar você latir, como Beineberg faz, comer poeira como um porco, podia mandar você fazer aqueles movimentos... você sabe como... e teria de suspirar: oh, minha amada Mã... — Törless interrompeu-se subitamente no meio desse sacrilégio. — Mas eu não quero, não quero, compreende?

Basini chorava.

— Você me atormenta...

— Sim, atormento. Mas não é isso que me interessa. Só quero saber uma coisa: quando enfio tudo isso em você, como um punhal, o que sente? O que acontece? Alguma coisa se dilacera? Diga! Como um vidro que se estilhaça em mil lascas antes mesmo que se veja uma rachadura? A imagem que você tinha de si mesmo não se extingue num sopro? Não salta outra no lugar dela, como as figuras de uma lanterna mágica no escuro? Não está me compreendendo? Não posso explicar melhor, você tem de me dizer...

Basini chorava sem parar. Seus ombros femininos sacudiam-se; dizia sempre a mesma coisa:

— Não sei o que você quer; não posso explicar nada; tudo acontece num momento; e não pode ser diferente; você agiria exatamente como eu.

Törless ficou calado. Encostara-se na parede, exausto, fitando o vazio à sua frente.

— Se estivesse na minha situação, agiria exatamente como eu — disse Basini. O que acontecia era apresentado como uma necessidade, simples, calmamente, sem grande encenação.

A consciência de Törless rebelava-se com intenso desprezo contra essa suposição. Contudo, a resistência de todo o seu ser parecia não lhe dar salvaguarda satisfatória.

Sim, pensava, eu teria mais caráter do que ele, não toleraria essas exigências... Mas será isso importante? Será importante que por firmeza, por decência, por uma série de motivos agora secundários, eu agisse diferente dele? Não, não se trata de como eu agiria, mas do fato de que, se alguma vez eu agir como Basini, sentirei tanto quanto ele que a coisa é pouco extraordinária. É aí que está a questão toda: minha consciência de mim mesmo seria tão simples e livre de qualquer dúvida quanto a dele...

Essa ideia — pensada em frases fragmentadas, confusas, sempre voltando ao ponto de partida — acrescentava ao desprezo por Basini uma dor íntima, silenciosa, mas muito mais profunda do que qualquer conceito moral, e que vinha da lembrança de uma sensação recente, que não abandonava Törless. Quando soubera, por Basini, que talvez o ameaçasse algum perigo por parte de Beineberg e Reiting, ficara assustado. Simplesmente assustado, como num súbito assalto, e, sem refletir, procurara rapidamente proteção e refúgio. No momento, o perigo fora real; e as sensações — em impulsos rápidos, irracionais — desse momento o excitavam. Em vão tentou desencadeá-las novamente em seu interior, mas sabia que elas haviam privado o perigo de qualquer aura de mistério e ambiguidade.

Contudo, era o mesmo perigo que há algumas semanas pressentira naquele quartinho, que lhe parecera estranhamente assustador, apartado da cálida e luminosa vida das salas de aula, como uma herança medieval; e assustara-se com Beineberg e Reiting também, porque ali já não pareciam ser as pessoas que normalmente eram, mas algo diferente, sombrio, ávido, com uma vida totalmente diversa. Aquela ocasião fora para Törless como um salto, uma transformação, como se de repente a imagem do seu meio ambiente entrasse por outros olhos, olhos despertando de um sono secular.

E, ainda assim, fora o mesmo perigo... Repetia isso para si mesmo, incessantemente. E tentava o tempo todo comparar entre si as lembranças daquelas duas impressões diferentes...

Nesse ínterim, Basini se soerguera; notando o olhar fixo e alheado do companheiro, pegou silenciosamente as roupas e afastou-se.

Törless viu tudo isso — como através de um nevoeiro —, mas deixou que acontecesse, não disse uma só palavra.

Sua atenção estava totalmente presa ao esforço de reencontrar em si o ponto onde se realizara subitamente aquela mudança de perspectiva interior.

Mas, sempre que se aproximava dele, acontecia-lhe como com alguém que pretende comparar o próximo com o longínquo: não conseguia apreender ao mesmo tempo as imagens recordadas dos dois sentimentos, a cada vez algo se interpunha, como um estalido correspondendo a sensações quase imperceptíveis nos músculos que acompanham o enfoque do olhar. A cada vez, no momento decisivo, aquilo exigia a atenção toda, e a atividade de comparar colocava-se à frente do objeto da comparação, ocorrendo um espasmo quase imperceptível — e tudo se aquietava novamente.

E Törless recomeçava continuamente.

A regularidade mecânica desse processo deixou-o sonolento, um sono hirto, vigilante, gélido, mantendo-o imóvel em seu lugar, por tempo indeterminado.

Só uma ideia despertou Törless, como o leve toque de uma mão quente. Um pensamento aparentemente tão óbvio que Törless se admirou de que não lhe tivesse ocorrido há mais tempo.

Um pensamento que nada fazia senão registrar a experiência recém-vivida: sempre nos chega de modo simples, inteiriço, em proporções normais e naturais, aquilo que ao longe parecia grande e misterioso. Tal como se houvesse uma fronteira invisível em torno do ser humano. O que acontece fora dela e se aproxima de longe é como um mar povoado de vultos gigantescos e em constante mutação; o que se aproxima de qualquer homem, e se torna ação, e colide com sua vida, é claro e pequeno, de dimensões humanas e linhas humanas. E entre a vida que vivemos e a vida que sentimos — adivinhamos, vemos ao longe —, jaz como um estreito portão aquela fronteira invisível, na qual as imagens dos acontecimentos têm de se comprimir para entrar no ser humano...

Ainda assim, por mais que isso correspondesse à sua experiência, Törless deixou pender a cabeça, pensativo.

Um estranho pensamento...

Por fim, voltou para sua cama. Não pensava em mais nada, pois pensar era difícil e estéril. O que soubera sobre as atividades secretas de seus amigos passava pela sua mente, mas tão indiferente e morto como uma notícia lida num jornal estrangeiro.

Não havia mais o que esperar de Basini. Sim, havia aquele seu problema! Mas era duvidoso demais, e ele estava muito cansado e abatido. Talvez tudo fosse apenas um engano.

Só a visão de Basini, sua pele nua e lustrosa, perfumava como um arbusto de lilases o amortecimento das emoções que precede o sono. Até a repulsa moral se desfazia. Törless, enfim, adormeceu.

※

Sonho algum perturbava o seu descanso. Um calor infinitamente agradável estendia, porém, tapetes macios sob seu corpo. Acabou acordando por causa disso. E quase soltou um grito. Basini estava sentado na beira de sua cama! Com rapidez incrível desfez-se de sua camisa, enfiou-se debaixo do cobertor e apertou contra Törless o corpo trêmulo e nu.

Mal se refez do sobressalto, Törless empurrou Basini, afastando-o de si.

— O que é que você está pensando...

Basini, porém, suplicou:

— Não seja assim outra vez! Ninguém é como você. Não me rejeitam tanto como você; fingem que fazem aquilo comigo para parecer que são diferentes. Mas você... Logo você... Você é até mais moço do que eu, embora seja mais forte... Nós dois somos mais jovens do que os outros... Você não é tão grosseiro e convencido como eles... Você é suave... e eu amo você!

— O que... o que é que você está dizendo? Vá... vá embora!

Törless, atormentado, empurrava o ombro de Basini com o braço. Mas a cálida proximidade da pele macia e estranha o perseguia, envolvia e sufocava. Basini sussurrava sem pausa:

— Sim... sim... por favor... Seria delicioso, para mim, servir você.

※

Törless não soube o que responder. Enquanto, naqueles segundos de dúvida e reflexão, Basini falava, novamente um mar verde-profundo baixara sobre seus sentidos. Só as palavras movediças de Basini reluziam lá no fundo, como a cintilação de peixes de prata.

Ainda mantinha os braços contra o corpo de Basini. Sobre eles jazia um calor úmido e pesado; os músculos afrouxavam; esqueceu-se deles... Só quando o atingiu uma palavra nova, despertou, pois de repente sentia... como algo terrível e inconcebível... que há pouco... como num sonho... suas mãos tinham puxado Basini para junto de si.

Depois quis acordar, gritar para si mesmo: Basini está enganando você; só quer puxar você para a própria baixeza, para que não possa mais desprezá-lo. Mas o grito foi sufocado; nenhum som vivia na vasta casa; os escuros rios do silêncio pareciam dormir, imóveis, em todos os corredores.

Ele queria voltar a si; esses rios, porém, estavam diante de todas as portas, como sentinelas negras.

Então Törless desistiu de procurar palavras. A sensualidade que se esgueirara para dentro dele paulatinamente nos momentos de desespero despertara agora com toda a intensidade. Deitava-se ao lado dele, nua, cobrindo-lhe a cabeça com um manto negro e macio. Sussurrava em seu ouvido suaves palavras de resignação e, com seus dedos cálidos, afastava todas as perguntas e deveres, como se fossem vãos. Sussurrava: na solidão tudo é permitido.

Só no momento em que estava sendo arrastado despertou por um segundo e agarrou-se desesperado à ideia: Isso não sou eu! Não sou eu! Amanhã, só amanhã, serei eu novamente! Amanhã...

Na terça-feira à noite voltaram os primeiros alunos. Outros só viriam nos trens noturnos. Havia uma agitação permanente na casa.

Törless recebeu os amigos áspero e mal-humorado, não havia esquecido. E eles traziam de fora algo vigoroso e mundano. Isso o envergonhava, agora que amava o ar sufocante de quartinhos apertados.

Aliás, agora se envergonhava com muita frequência. Não em si, porque se deixara seduzir — pois não é coisa rara em internatos —, mas porque na verdade não conseguia livrar-se de certa ternura por Basini, sentindo, em contraposição, o quanto esse rapaz era desprezível e baixo.

Encontravam-se muitas vezes, secretamente. Törless o levava a todos os esconderijos que aprendera com Beineberg, e, como não fosse muito hábil nessas caminhadas furtivas, em pouco tempo Basini se ajeitou melhor que ele, tornando-se seu guia.

À noite, porém, não conseguia paz, por causa do ciúme com que vigiava Beineberg e Reiting.

Os dois se mantinham afastados de Basini. Talvez já se tivessem entediado dele. De qualquer modo, pareciam mudados. Beineberg mostrava-se sombrio e fechado; quando falava, eram alusões misteriosas a alguma coisa iminente. Reiting aparentemente voltara seu interesse para outras coisas; com a habilidade costumeira, tramava a rede de alguma intriga, tentando conquistar alguns através de pequenos agrados e assustando outros ao descobrir seus segredos através de alguma artimanha.

Quando os três ficavam juntos, ambos insistiam em que Basini recebesse ordens para ir ao quartinho ou ao sótão.

Törless tentava adiar isso por todos os meios e sofria constantemente com sua simpatia oculta.

Poucas semanas antes, sequer teria entendido um estado como esse, pois, de família, era forte, saudável e natural.

Não se pense, no entanto, que Basini despertava em Törless um desejo real — ainda que transitório e confuso. De fato despertara nele algo como uma paixão, mas amor seria apenas um nome casual para esse sentimento, e o ser humano Basini nada mais era do que um objeto simbólico e passageiro desse desejo. Pois, embora Törless se unisse a ele, jamais saciava nele seu desejo, que crescia para além de Basini, tornando-se uma avidez nova e desnorteada.

※

No começo fora apenas a nudez do esbelto corpo de adolescente que o ofuscara.

A impressão foi a mesma que teria se visse as belas formas de uma jovem, ainda livres de qualquer aspecto sexual. Um assombro. Um impacto. E a pureza que involuntariamente emanava daquela sensação era o que usava a máscara do afeto — essa sensação maravilhosa, inédita e inquieta — na sua relação com Basini. Todo o resto pouco tinha a ver com ele. O resto do desejo já existira antes, com Bozena, e muito mais antes ainda. Era a sensualidade secreta, desorientada, não dirigida para ninguém em especial, a melancólica sensualidade de um adolescente que amadurece, parecendo a terra úmida, negra e fértil da primavera, e as escuras águas subterrâneas que precisam apenas de uma ocasião eventual para romper as comportas…

A experiência que Törless tivera constituíra essa ocasião. Por uma surpresa, um mal-entendido, a interpretação errada de uma sensação, aqueles esconderijos secretos em que se reunira tudo o que a alma de Törless tinha de oculto, proibido, sufocante, inseguro e solitário — tudo rebentou, e ele derramou sobre Basini seus mais obscuros impulsos. Pois aí estes se deparavam de súbito com algo quente, que respirava, algo perfumado, algo que era carne, na qual os sonhos indecisos de Törless assumiam forma e se tornavam parte da beleza, em lugar da ácida feiura com que Bozena os maculava na solidão. Isso lhes abrira repentinamente uma porta para a vida, e na penumbra tudo se misturava, desejo e realidade, loucas fantasias e impressões que traziam ainda os rastros ardentes da vida, sensações exteriores e labaredas que as recebiam no seu interior, envolvendo-as e tornando-as irreconhecíveis.

Em Törless tudo isso era indistinto, formava uma só emoção, imprecisa e compacta, que, no choque inicial, se podia tomar por amor.

※

Em breve, porém, aprendeu a avaliá-lo melhor. Uma inquietação o levava de um lugar para outro. Mal apanhava um objeto, soltava-o outra vez. Não conseguia manter conversa com nenhum colega sem se calar por motivo algum ou sem trocar de assunto várias vezes, distraído. Também acontecia que, no meio da fala, uma onda de vergonha o inundava, de modo que enrubescia, começava a gaguejar, tinha de se afastar...

Durante o dia, evitava Basini. Quando era obrigado a encará-lo, ficava sóbrio. Todos os movimentos do outro enchiam-no de repulsa, as sombras inseguras de suas ilusões davam lugar a uma fria claridade, sua alma parecia encolher-se e murchar, até nada restar senão a lembrança de um antigo desejo, que nesses momentos lhe parecia incompreensível e repugnante. Ele fincava os pés na terra e dobrava o corpo para fugir a essa dolorosa vergonha.

Perguntava-se o que diriam os outros se soubessem do seu segredo: os pais, os professores?

Contudo, depois dessa última dúvida, seus tormentos foram se reduzindo aos poucos. Törless foi dominado por um morno cansaço; a pele quente e frouxa de seu corpo distendia-se novamente com um calafrio de bem-estar. Deixava então que todas as pessoas passassem por ele e permanecia quieto. Mas sentia certo desprezo por todas elas.

Secretamente suspeitava de que cada pessoa com quem falava era culpada das piores coisas.

Além disso, acreditava não ver nelas sinal de vergonha. Não pensava que sofressem como ele. Parecia que lhes faltava a coroa de espinhos de seus próprios remorsos.

Sentia-se como alguém que desperta de profunda agonia. Alguém tocado pelas mãos sutis da decomposição. Alguém que não consegue esquecer a tranquila aprendizagem de uma longa enfermidade.

Imerso nesse estado, sentia-se feliz, e sempre, cada vez mais, voltavam os momentos em que ansiava por ele.

Esses momentos começavam quando conseguia encarar Basini outra vez com indiferença, suportando com um sorriso aquela coisa repugnante e pérfida. Sabia então que se degradaria, mas havia naquilo um novo sentido. Quanto mais feio e indigno era o que Basini lhe oferecia, tanto maior o contraste com a sensação da sofrida e refinada sensibilidade que o dominava depois.

Törless retirava-se para algum recanto de onde pudesse observar sem ser visto. Quando cerrava os olhos, subia nele um impulso indefinido; quando os abria, nada encontrava que pudesse comparar àquilo. Então, subitamente, vinha-lhe a lembrança de Basini, concentrando tudo. Logo essa lembrança perdia os contornos definidos. Já não parecia pertencer a Törless nem ligar-se a Basini. Era um pensamento rodeado de emoções, como se o cercassem mulheres lascivas em longos vestidos de golas altas, usando máscaras. Törless não conhecia nenhum nome para essas emoções; não sabia o que ocultavam; nisso residia toda a fascinação. Ele já não conhecia a si mesmo, e assim crescia o desejo de devassidões loucas e degradantes, como quando, numa "festa galante", subitamente se apagam as luzes e ninguém sabe mais a quem está arrastando para o chão e cobrindo de beijos.

Posteriormente, passados os problemas da juventude, Törless veio a se tornar um homem de espírito refinado e sensível. Era uma dessas naturezas de esteta e de intelectual que sentem paz observando as leis e seguindo em certa medida a moral da sociedade, pois isso as exime de terem de refletir sobre as coisas grosseiras que ficam muito abaixo das sutis emoções espirituais. Só que a postura correta, um pouco irônica, de tais pessoas assume uma entediada indiferença sempre que exigimos que se interessem pelos temas morais. Isso porque seu único interesse verdadeiro é a evolução espiritual da alma, ou como quer que a chamemos, algo que de vez em quando se põe a crescer dentro de nós, a partir de um pensamento contido nas frases de um livro, ou que brota dos lábios cerrados de uma fotografia; essa coisa acorda uma ou outra vez, quando passa por nós uma rara melodia solitária e — distanciando-se — puxa com estranhos movimentos o fino fio rubro do nosso sangue, arrastando-o atrás de si. No entanto, essa coisa desaparece sempre que redigimos documentos, construímos máquinas, vamos ao circo, ou nos entregamos a centenas de ocupações desse tipo.

Para essas pessoas, as coisas que delas exigem apenas correção moral são indiferentes. Por isso, no futuro, Törless jamais veio a se arrepender do que acontecera nessa ocasião. Suas necessidades dirigiam-se tão unilateralmente para o espiritual e para o belo que, se lhe tivessem contado uma história semelhante sobre os desvarios sexuais de um libertino, nem de longe lhe ocorreria indignar-se. Não o teria desprezado por ser libertino, mas por nada ser além disso; não o desprezaria pela devassidão, mas pelo estado de alma que o levava a ser devasso; pois não passaria de um tolo, pessoa de entendimento fraco... Assim, o desprezo se deveria sempre à visão triste, medíocre, frágil, que essa pessoa oferecesse. Fosse por vício de fumo ou alcoolismo, Törless a desprezaria do mesmo modo.

Tal como ocorre com todos que se concentram na evolução espiritual, pouco significavam para ele os impulsos lascivos e sexuais. Gostava de pensar que a capacidade para o encantamento, o talento para as artes, toda vida espiritual e profunda eram uma joia em que facilmente nos espetamos. Considerava inevitável que uma pessoa com vida interior movimentada e rica tivesse segredos e lembranças ocultas em suas gavetas íntimas. O que exigia dessa pessoa era apenas que mais tarde soubesse usar isso com finura.

Certa ocasião, quando alguém a quem contara esse episódio de sua adolescência perguntou se essa lembrança não o envergonhava, respondeu sorrindo:

— Não nego que era uma degradação. Por que não? Ela passou. Mas algo dela permaneceu para sempre: aquela mínima porção de veneno necessária para que a alma não fique excessivamente confiante e tranquila, conferindo-lhe qualidades mais refinadas, aguçadas e sábias.

"De qualquer modo, contaríamos as horas de degradação que todas as grandes paixões gravam em fogo na nossa alma? Pense nas horas das voluntárias humilhações do amor. Essas horas secretas, nas quais os amantes se debruçam sobre poços fundos ou pousam o ouvido no coração um do outro para ver se escutam lá dentro as garras de grandes felinos arranhando impacientes as paredes do cárcere! E isso apenas para sentirem seu próprio tremor! Só para se assustarem mais com a própria solidão, debaixo da qual ficam essas profundezas escuras e corrosivas! Apenas para, subitamente com medo de ficarem a sós com forças tão obscuras, se refugiarem inteiramente um no outro!

"Olhe nos olhos dos jovens casais. Neles está escrito: Então é assim que você pensa? Mas ninguém calcula como podemos mergulhar fundo!

"Nesses olhos vê-se a alegre zombaria diante dos que nada sabem e o terno orgulho dos que juntos atravessaram os infernos.

"E, assim como os amantes andam unidos, andei comigo mesmo, aquela vez, através de tudo aquilo."

※

Contudo, ainda que posteriormente Törless viesse a pensar assim, agora, em meio ao vendaval das emoções angustiosas e solitárias, nem sempre tinha essa confiança. Ficara-lhe o vago efeito dos enigmas que recentemente o haviam torturado, e esse efeito ecoava, numa voz sombria e distante, do fundo de suas experiências. Era exatamente nisso que ele não queria pensar agora.

De vez em quando tinha, porém, de pensar: e então assaltava-o uma profunda desesperança, uma vergonha fatigada e triste.

Mas também sobre essas coisas ele não pretendia prestar contas.

O motivo residia nas peculiares condições de vida no internato. Com forças jovens e impetuosas retidas por trás de muros cinzentos, a fantasia multiplicava imagens sensuais que punham muitos dos rapazes fora de si.

Certo grau de devassidão passava até por ser uma qualidade viril e ousada; era como se conquistassem os prazeres proibidos. Especialmente quando se comparavam com a aparência melancolicamente respeitável de certos professores, a palavra "moral" assumia uma conotação ridícula, ligada a ombros estreitos, barriguinha abaulada e pernas finas; por trás dos óculos, uns inofensivos olhos de carneiro, como se a vida não passasse de um edificante prado florido.

Enfim, no internato, Törless ainda não sabia da vida, com todos os seus graus de perversidade e devassidão, de morbidez e grotesco, e que deixam os adultos repugnados quando se fala no assunto.

Todas essas inibições, cujo efeito não podemos avaliar inteiramente, faltavam a Törless, que se envolvera no vício por ingenuidade.

Pois também a força de resistência moral, essa sensível faculdade da alma que mais tarde ele valorizaria tanto, ainda lhe faltava, embora já se anunciasse. Törless enganava-se: via as sombras lançadas em sua consciência por alguma coisa ainda ignorada e tomava-as por realidades. Ele tinha uma tarefa a cumprir consigo mesmo, uma missão espiritual — embora ainda não estivesse à altura disso.

Sabia apenas que perseguia algo indefinido, num caminho que conduzia ao seu mais remoto interior; e isso o deixava exausto. Habituara-se a esperar por descobertas extraordinárias, coisas ainda secretas, e fora assim que chegara aos estreitos e tortuosos aposentos da sensualidade. Não por perversão, mas devido à sua momentânea desorientação psicológica.

E ser infiel a uma coisa séria, desejada, dava-lhe um vago sentimento de culpa; uma repulsa indefinida e secreta jamais o abandonava; um medo obscuro perseguia-o como a alguém que, em meio às trevas, não sabe mais se anda no caminho certo ou se já o perdeu.

Então, fazia força para não pensar em nada. Mudo, atordoado, esquecendo todas as antigas dúvidas, seguia vivendo. Era cada vez mais raro o refinado prazer que sentira nos atos degradantes.

Ainda não os deixara de lado, mas no fim desse período já não fez objeções quando decidiram sobre o destino de Basini.

Isso aconteceu alguns dias mais tarde, quando se reuniram no quartinho. Beineberg estava muito sério.

Reiting começou a falar:

— Beineberg e eu achamos que não podemos continuar assim com Basini. Ele não nos obedece mais, não sofre com a obediência que deve a nós; trata-nos com uma familiaridade insolente, como um criado. Portanto, está na hora de darmos um passo adiante. Concorda?

— Mas nem sei o que pretendem fazer com ele.

— É difícil planejar, mas precisamos degradá-lo e humilhá-lo ainda mais. Quero só ver até onde isso vai. Como faremos, bem, é outro problema. Tenho algumas ideias boas. Podemos chicoteá-lo enquanto ele entoa salmos de louvor; não seria nada mau escutar o tom desse canto, cada nota acompanhada por um calafrio. Podemos mandar que nos traga coisas imundas na boca, como um cão. Podemos levá-lo até Bozena e ordenar que leia as cartas de sua mãe enquanto Bozena inventa piadas adequadas... Mas não precisamos ter pressa. Podemos planejar e refinar tudo calmamente. E inventar outras coisas. Por enquanto, tudo parece muito enfadonho. Talvez o entreguemos à nossa classe. Seria o mais sensato. Se cada um de nós contribuir com um pouco, poderemos fazê-lo em pedacinhos. Aliás, gosto desses movimentos de massa. Ninguém faz nada de especial, e, ainda assim, as ondas se erguem cada vez mais alto, até se abaterem sobre as cabeças de todos. Vocês vão ver, ninguém se moverá e ainda assim haverá uma tempestade gigantesca. Para mim, será uma diversão extraordinária promover uma coisa dessas.

— Mas o que pretendem fazer no momento?

— Como eu disse, gostaria de deixar isso para depois; por enquanto me bastaria fazer com que ele voltasse a dizer sim a tudo, e usaríamos de ameaças ou surras.

— Para quê? — perguntou Törless, sem querer.

Encararam-se firmemente, olhos nos olhos.

— Ora, não seja fingido; sei muito bem que você está a par de tudo.

Törless manteve-se calado. Reiting soubera de alguma coisa? Ou estaria apenas jogando verde...

— Beineberg já contou a você as coisas a que Basini se presta.

Törless respirou aliviado.

— Ora, não faça uma cara tão espantada. Daquela vez você também arregalou os olhos desse jeito. Não é nada tão grave assim. Aliás, Beineberg me confessou que faz a mesma coisa com Basini.

Reiting olhou para Beineberg com expressão irônica. Era a sua maneira de lhe passar uma rasteira, abertamente, sem nenhum pudor.

Beineberg, porém, não respondeu; continuou sentado na sua postura pensativa, e mal pestanejou.

— Bem, você não quer falar? Ele tem uma ideia louca em relação a Basini e quer realizá-la a todo custo, antes que nós o façamos. Até que é bem divertida.

Beineberg permaneceu sério; fitando Törless com olhar meditativo, disse:

—Você se lembra do que falamos daquela vez, por trás dos casacos?

— Sim.

— Nunca mais toquei no caso, porque só falar não adianta. Mas pensei no assunto, pode crer, muitas vezes. Também o que Reiting lhe disse há pouco é verdade. Fiz com Basini o mesmo que ele. Talvez até algumas coisas mais. Porque, como lhe disse daquela vez, acredito que a sensualidade talvez seja o caminho certo. Foi uma tentativa. Não conhecia outra maneira de chegar ao que eu buscava. Mas fazer tudo sem planejamento não tem mais sentido. Refleti, refleti noites a fio, em como se pode agir sistematicamente.

"Agora, acho que encontrei e vamos tentar. Você também verá o quanto estava errado. Todo o nosso conhecimento do mundo é falso; tudo acontece de outra maneira. Daquela vez, descobrimos isso, por assim dizer, apenas do lado reverso, à procura de pontos em que essa explicação natural tropeça nos próprios pés. Agora espero poder mostrar o lado positivo — o outro lado!"

Reiting distribuiu xícaras de chá e brindou alegremente com Törless.

— Preste atenção. Ele teve uma ideia brilhante!

Mas Beineberg apagou o lampião com um movimento rápido. No escuro, a pequena chama da espiriteira lançava uma claridade inquieta e azulada sobre as três cabeças.

— Estou apagando a luz, Törless, porque assim se fala melhor nesses assuntos. E você, Reiting, por fim pode ir dormir, se for burro demais para entender coisas mais profundas.

Reiting soltou uma risada divertida.

— Você ainda se lembra da nossa conversa. Você tinha descoberto aquela pequena peculiaridade na matemática, aquele exemplo do fato de que nosso pensamento não caminha num chão seguro e firme, mas sobre buracos, como que fechando os olhos, deixando de existir por um momento, e chegando, mesmo assim, são e salvo ao outro lado. Na verdade, deveríamos estar desesperados há muito tempo, pois em todos os campos nosso conhecimento é entrecortado de tantos abismos... fragmentos boiando num oceano insondável.

"Mas não nos desesperamos, nós nos sentimos seguros como se nos achássemos em chão firme. Esse sentimento nos acompanha constantemente, nos mantém em pé, pega nosso intelecto nos braços a cada momento, como se ele fosse uma criancinha. Uma vez conscientes disso, já não podemos negar a existência da alma. Tão logo analisamos nossa vida espiritual e reconhecemos a limitação do nosso intelecto, chegamos a sentir tudo isso com bastante clareza. Sentir, compreende? Pois, não fosse esse sentimento, desabaríamos como sacos vazios.

"Apenas nos esquecemos de prestar atenção a esse sentimento, embora seja dos mais antigos que temos. Há milhares de anos, povos a milhas de distância uns dos outros sabiam disso. Uma vez que nos ocupamos dessas coisas, não podemos mais negá-las. Mas não quero persuadir você com palavras; direi somente o necessário para que não fique totalmente despreparado. Os fatos é que vão fornecer a prova.

"Portanto, supondo que a alma existe, é natural que nosso maior desejo seja retomarmos com ela o contato perdido, nos familiarizarmos com ela novamente, aprendendo a usar melhor suas forças, parcelas das forças suprassensoriais adormecidas nela e que desejamos recuperar.

"Pois tudo isso é possível; já aconteceu milhares de vezes. Os milagres, os santos, os hindus que chegaram à contemplação de Deus comprovam esses fatos."

— Escute — interrompeu Törless —, você fala para se convencer a si mesmo, não é? Por isso teve de apagar o lampião. Mas falaria assim se estivéssemos entre os outros colegas, que estudam geografia e história, que escrevem cartas para casa, lá onde as luzes estão acesas e talvez o inspetor ande entre as carteiras? Suas palavras então não pareceriam, até a você mesmo, um pouco fantásticas, um pouco presunçosas demais, como se não pertencêssemos a esse meio e vivêssemos em outro mundo, oitocentos anos atrás?

— Não, meu caro Törless, eu afirmaria a mesma coisa. Aliás, é um erro seu olhar sempre para os outros; você é muito pouco independente. Escrever cartas para casa! Diante de assuntos tão graves, você pensa em seus pais? Quem lhe diz que eles conseguiriam acompanhar nossos pensamentos? Somos jovens, uma geração depois da deles, talvez haja coisas guardadas para nós, das quais eles jamais tiveram qualquer suspeita. Pelo menos eu sinto assim.

"Mas por que falar tanto nisso? Vou provar tudo."

Depois de se calarem por algum tempo, Törless perguntou:

— E como pretende tomar posse de sua própria alma?

— Não vou lhe explicar isso agora, pois terei de fazê-lo na frente de Basini.

— Não poderia dar nem uma ideia, por alto?

— Pois bem. A história nos ensina que só existe um caminho para isso: o mergulho em si mesmo. É isso que é difícil. Os antigos santos, por exemplo, no tempo em que a alma ainda se manifestava através dos milagres, conseguiam atingir esse objetivo através da concentração na oração. Mas naquele tempo a natureza da alma era diferente. Hoje esse caminho não funciona mais. Hoje não sabemos o que fazer. A natureza da alma se modificou, e infelizmente, entre aquela época e hoje, houve fases em que não lhe dedicaram a devida atenção. Assim, a ligação com ela se perdeu irrecuperavelmente. Hoje só podemos encontrar um novo caminho através da mais cuidadosa reflexão. Ocupei-me disso intensamente nos últimos tempos. A escolha mais fácil é provavelmente realizar isso através do hipnotismo. Só que nunca se tentou. Realizam-se apenas os mesmos truques banais; é por isso que os métodos ainda não tiveram comprovada sua capacidade de levar a fins mais elevados. Por enquanto só direi que não vou hipnotizar Basini da forma habitual, mas conforme meu próprio método, que, se não me engano, já foi utilizado na Idade Média.

— Esse Beineberg não é uma peça? — disse Reiting, rindo. — Ele devia ter vivido no tempo dos profetas que falavam no fim do mundo; teria acabado por acreditar que o mundo só continuava a existir por causa de suas artes mágicas...

Quando encarou Beineberg, para ver como reagia ao deboche do outro, Törless notou que seu rosto estava hirto e distorcido, como se pensasse convulsivamente em alguma coisa. No momento seguinte, Törless sentiu-se agarrado por dedos gélidos e assustou-se com tamanha excitação; depois a tensão dos dedos afrouxou-se.

— Oh, não foi nada — disse Beineberg. — Só uma ideia. Pensei que ia me ocorrer alguma coisa, uma indicação de como proceder...

— Está vendo, você ficou mesmo um pouco abalado — disse Reiting, jovialmente. — Você sempre se mostrou um sujeito forte, e não fazia outra coisa senão praticar esportes; mas agora parece uma velhinha...

— Qual nada... Você não faz ideia do que significa chegar perto desses mistérios e cada dia estar prestes a possuí-los!

— Não briguem — disse Törless, que numas poucas semanas se tornara mais firme e enérgico. — Por mim, cada um faça o que quiser;

eu não acredito em nada. Nem naqueles seus tormentos, Reiting, nem nas esperanças de Beineberg. Não sei o que dizer. Estou esperando para ver o que vocês farão.

— Então quando vai ser?

Combinaram que seria na noite seguinte.

Törless deixou que tudo acontecesse, sem opor resistência. Nessa nova situação, seu sentimento por Basini esfriara completamente. Era inclusive uma solução feliz, pois o livrava subitamente de oscilar entre a vergonha e o desejo, dos quais, por si próprio, não conseguia se libertar. Agora pelo menos sentia uma repulsa clara e direta por Basini, como se temesse que as humilhações que preparavam para ele pudessem atingi-lo também.

Quanto ao resto, mostrava-se distraído e não queria ter pensamentos sérios, muito menos ligados ao que antes o ocupara tão intensamente.

Só quando subiu a escada para o sótão com Reiting, e Beineberg já tinha ido na frente com Basini, a lembrança do que ocorrera retornou mais viva ainda. Não lhe saíam da cabeça as palavras seguras que dissera a Beineberg, e ansiava por recuperar aquela autoconfiança. Parava em cada degrau, hesitante. Mas a segurança de antes não voltava. Lembrava-se de todos os pensamentos que tivera daquela vez; agora, porém, eles pareciam passar ao longe, meras sombras daquilo em que outrora ele pensara.

Por fim, não encontrando nada dentro de si, dirigiu outra vez sua curiosidade para os fatos que viriam de fora, e isso o impeliu em frente.

Com passos rápidos seguiu Reiting nos últimos degraus.

Enquanto, atrás deles, a porta de ferro se fechava num rangido, Törless sentiu, com um suspiro, que o que Beineberg pretendia fazer não passava de um abracadabra ridículo, embora fosse algo concreto e planejado, enquanto dentro dele tudo jazia numa densa confusão.

Sentaram-se numa trave oblíqua — tensos e expectantes como num teatro.

Beineberg já se achava ali com Basini.

A situação parecia bastante favorável ao plano dele. A escuridão, o ar abafado, o cheiro adocicado e podre das talhas de água provocavam sensação de dormência, de um nunca mais despertar, uma preguiça lânguida e fatigada.

Beineberg ordenou que Basini se despisse. Agora, ali na escuridão, essa nudez tinha um brilho azulado de coisa apodrecida e não era nada excitante.

De repente Beineberg tirou um revólver do bolso e apontou-o para Basini.

Até Reiting debruçou-se para a frente, a fim de intervir a qualquer momento.

Mas Beineberg sorria. Um sorriso estranhamente distorcido, como se não quisesse sorrir, como se fosse apenas o assomo de palavras fanáticas repuxando seus lábios.

Basini caíra de joelhos, paralisado, fitando a arma com olhos arregalados.

— Levante-se — disse Beineberg. — Se obedecer corretamente a tudo o que eu disser, não lhe acontecerá nenhum mal; mas se me irritar com a menor resistência, mato você na hora. Pense bem nisso!

"Mas de qualquer modo vou matar você, só que você voltará à vida. A morte não nos é tão estranha como você pensa; morremos diariamente, em nosso sono profundo e sem sonhos."

Mais uma vez o estranho sorriso distorceu a boca de Beineberg.

— Ajoelhe-se agora, lá em cima. — A meia altura, corria uma larga trave horizontal. — Assim... Bem aprumado... Fique bem reto... Assuma a posição de cruz. Agora, olhe para lá sem parar e sem piscar! Abra os olhos o mais que puder!

Beineberg colocou diante dele uma pequena chama de espiriteira de um modo que o rapaz tinha de dobrar a cabeça um pouco para trás para encará-la bem.

Não se conseguia notar muita coisa; depois de algum tempo, porém, o corpo de Basini parecia oscilar de um lado para outro como um pêndulo. Os reflexos azulados moviam-se em sua pele para cima e para baixo. Uma ou outra vez Törless pensou entrever o rosto de Basini desfigurado pelo medo.

Passado mais algum tempo, Beineberg perguntou:

— Está cansado?

A pergunta foi feita da maneira habitual dos hipnotizadores.

Depois ele começou a explicar, com voz baixa e contida:

— A morte é apenas uma consequência da nossa maneira de viver. Vivemos de um pensamento a outro, de uma sensação a outra. Pois nossos pensamentos e sensações não correm tranquilos como um rio; eles nos "ocorrem", na verdade caem dentro de nós como pedras. Se vocês se observarem atentamente, perceberão que a alma não é algo que troca de cor em gradações paulatinas, mas que os pensamentos saltam dela como algarismos para fora de um buraco negro. Agora vocês têm um pensamento ou uma sensação, e quase ao mesmo tempo aparece um outro diferente, como se espocasse do nada. Se prestarem atenção, podem até sentir, entre dois pensamentos, um instante em que tudo é absoluta escuridão. Esse instante, uma vez apreendido, é para nós o mesmo que a morte.

"Pois nossa vida se resume apenas em colocar marcos e pular de um a outro, diariamente, passando por cima de mil segundos de morte. De certa forma, só vivemos nos pontos de repouso. Por isso, temos um medo tão ridículo da morte definitiva, pois ela é o lugar sem marcos, o abismo imensurável no qual despencamos. Na verdade, ela é a negação absoluta dessa maneira de viver.

"Mas isso é assim apenas sob a perspectiva desta vida, e apenas para quem não aprendeu a viver senão de instante em instante.

"Chamo isso de O Mal Saltitante, e o segredo consiste em superá-lo. É preciso fazer despertar a sensação de que a vida desliza tranquilamente. No momento em que conseguimos isso, estamos tão próximos da morte quanto da vida. Já não vivemos, segundo nossos conceitos terrenos, mas também já não podemos morrer, pois, com a vida, eliminamos a morte. É o momento da imortalidade, o momento em que a alma sai da estreiteza de nosso cérebro e penetra nos maravilhosos jardins da sua própria vida.

"Portanto, faça exatamente o que mando.

"Faça adormecer todos os seus pensamentos, olhe fixamente essa pequena chama; não pense em mais nada... Concentre a atenção no seu interior... Olhe fixamente a chama... Seu pensamento será uma máquina girando cada vez mais devagar... mais... devagar... Olhe fixamente o seu próprio interior... até encontrar o ponto onde se sentirá a si mesmo sem nenhum raciocínio ou emoção...

"O seu silêncio será a sua resposta. Não afaste o olhar do seu interior..."

Passaram-se alguns minutos.

— Sente que está chegando ao ponto?

Nenhuma resposta.

— Basini, ouça, você conseguiu?

Silêncio.

Beineberg levantou-se, e sua sombra esguia ergueu-se ao lado da trave. Em cima, o corpo de Basini oscilava nitidamente para lá e para cá, ébrio de escuridão.

— Vire-se para o lado — ordenou Beineberg. Então murmurou: — Isso que me obedece já não é o seu cérebro, que ainda funcionará mecanicamente por algum tempo, até se apagarem nele os últimos vestígios da alma. Ela própria está em outro lugar... em sua outra existência. Já não carrega as correntes das leis naturais... — Agora ele falava com Törless. — Não está mais condenada ao castigo de dar peso e unidade a um corpo. Basini, incline-se para a frente... Assim... Bem devagar... O corpo cada vez mais para a frente... Assim que o último vestígio da alma se desfizer no cérebro, os músculos cederão e o corpo vazio desabará. Ou ficará flutuando, não sei. A alma deixou o corpo, esta não é uma morte comum; talvez o corpo fique pairando no ar, porque nada mais o sustenta, nem a força da vida, nem a força da morte... Incline-se para a frente... Mais ainda.

※

Nesse momento o corpo de Basini, que por medo seguira todas as instruções, caiu pesadamente aos pés de Beineberg.

Basini gritou de dor. Reiting começou a rir alto. Mas Beineberg, que recuara um passo, gritou de ódio ao ver que fora enganado. Com um movimento rapidíssimo, arrancou do corpo o cinto de couro, pegou Basini pelos cabelos e açoitou-o como um demente. Toda a incrível tensão em que ele estivera jorrava nos golpes enlouquecidos. Basini soltava urros de dor, que ecoavam por todos os cantos como os ganidos de um cão.

※

Törless permanecera quieto. Secretamente esperara que talvez algo o levasse de volta ao perdido círculo de suas emoções. Era uma esperança louca, estava certo disso, mas mesmo assim se deixara dominar por ela. Agora parecia que tudo acabara. A cena o repugnava. Não havia mais nenhum pensamento nele; apenas uma repulsa muda e inerte.

Ergueu-se devagar e, sem dizer uma palavra, foi embora mecanicamente. Beineberg ainda batia em Basini; bateria até se cansar.

Deitado em sua cama, Törless sentiu: acabou, alguma coisa acabou.

No dia seguinte, cumpriu sossegadamente seus deveres escolares; não se importou com nada; Reiting e Beineberg podiam prosseguir seu programa ponto a ponto; Törless esquivara-se deles.

Então, no quarto dia, quando se achava sozinho, Basini aproximou-se dele. Parecia miserável, o rosto pálido e magro, nos seus olhos cintilava a febre de um medo incessante. Com olhares assustados para os lados, falando depressa, disse:

— Você tem de me ajudar. Só você pode. Não estou aguentando, eles me atormentam demais. Suportei tudo aquilo antes... Mas agora vão me matar de tanta pancada!

Törless não quis responder. Por fim, disse:

— Não posso ajudar. A culpa de tudo isso é sua.

— Mas há pouco tempo você ainda era tão carinhoso comigo...

— Nunca.

— Mas...

— Não fale nisso. Não era eu... Era um sonho... Um capricho... Até acho bom que uma nova desgraça tenha afastado você de mim... Para mim foi muito bom...

Basini baixou a cabeça. Percebeu que um mar de decepção cinzenta e lúcida se interpunha entre ele e Törless... Törless mostrava-se frio, era outra pessoa.

Basini então atirou-se de joelhos diante dele e, batendo a cabeça no chão, gritou:

— Ajude-me! Ajude-me! Pelo amor de Deus, ajude-me!

Törless hesitou por um momento. Não sentia nem desejo de ajudar Basini, nem indignação suficiente para rejeitá-lo, por isso seguiu a primeira ideia que lhe ocorreu:

—Venha ao sótão esta noite, quero falar mais uma vez com você.

Mas só no instante seguinte se arrependeu.

"Para que falar nisso outra vez?", pensou. Refletindo melhor, disse:

— Só que os outros veriam você. Não pode ser.

— Não. Na noite passada ficaram comigo até o amanhecer. Hoje eles vão dormir.

— Então, por mim está bem. Mas não espere que ajude você.

※

Törless combinara o encontro com Basini contra sua própria convicção. Pois sua convicção interior era de que tudo acabara e não podia mais ser recuperado. Só uma espécie de teimosia, um obstinado escrúpulo, levava-o a remexer mais uma vez nos fatos.

Sentia necessidade de acabar rapidamente com aquilo.

Basini não sabia como se comportar. Tinham-no surrado tanto que mal conseguia se mexer. Parecia desprovido de qualquer traço de personalidade; apenas um resto dela se refugiara nos olhos e parecia agarrar-se a Törless, amedrontada e suplicante.

Basini esperava para ver o que este faria.

Enfim Törless rompeu o silêncio. Falava rápido e entediado, como quando se tem de repassar um assunto há muito resolvido.

— Não vou ajudar você. Por algum tempo tive interesse em você, mas acabou. Você realmente não passa de um canalha covarde. Nada mais que isso. O que ainda me ligaria a você? Eu costumava pensar que devia existir uma palavra, um sentimento, que eu descobriria a fim de descrever você de forma diferente, mas realmente não há nenhuma palavra senão essa: você é um canalha covarde. Isso é muito pouco, vazio demais, mas é só o que há para dizer. Já esqueci o resto que você me ofereceu com seus pedidos lascivos. Eu queria encontrar um ponto, longe de você, para contemplá-lo de lá... Era esse o meu interesse; você mesmo, porém, o destruiu... Mas basta, não devo explicações a você. Só uma coisa ainda: como se sente?

— Como posso me sentir? Não vou aguentar mais.

— Agora certamente atormentam muito você. Sente dor?

— Sim.

— Só assim, simplesmente dor? Você sente que sofre e quer fugir? Sem maiores complicações?

Basini não sabia responder.

— Bem, estou apenas perguntando por alto. Mas não importa. Não tenho mais nada a ver com você. Já lhe disse isso. Não sinto mais nada em sua presença. Faça o que quiser...

Törless quis ir embora.

Basini então arrancou a roupa e apertou-se contra Törless. Seu corpo estava coberto de lanhadas — era uma visão repugnante. Seus movimentos eram tão miseráveis quanto os de uma prostituta desajeitada. Törless afastou-se, enojado.

Mas, mal deu alguns passos na escuridão, topou com Reiting.

— O que é isso, você tendo encontros secretos com Basini?

Törless seguiu o olhar de Reiting e viu Basini. Exatamente no ponto em que este se achava, caía a claridade do luar por uma fresta entre as vigas. A pele azulada com as feridas parecia a de um leproso. Törless procurou involuntariamente desculpar-se por aquela visão.

— Ele me pediu.

— O que é que ele quer?

— Que eu o proteja.

— Ora, ele procurou o homem certo...

— Talvez eu o fizesse, mas essa história toda me aborrece.

Reiting ergueu os olhos, ofendido. Depois gritou com Basini:

— Você vai ver. Querendo fazer intrigas em segredo contra nós? Seu anjo da guarda Törless vai assistir a tudo e se divertir um bocado!

Törless já se afastara, mas o insulto, obviamente dirigido a ele, o reteve sem que refletisse.

— Ouça, Reiting, não vai haver nada disso. Não quero mais ter nada a ver com esse caso. Tenho nojo de tudo isso.

— Assim, de repente?

— É, de repente. Pois antes eu procurava, atrás de tudo...

Por que aquilo voltava a insistir dentro dele?

— Ah, procurava o segundo rosto.

— Sim. Mas agora vejo como você e Beineberg são grosseiros e vulgares.

— Oh, queremos que você veja Basini comer lama — disse Reiting, mais rude ainda.

— Isso não me interessa mais.

— Mas você...

— Eu já disse, foi só enquanto o estado de Basini era um enigma para mim.

— E agora?

— Não vejo mais enigma nenhum. As coisas apenas acontecem: essa é toda a sabedoria.

Törless admirou-se de que lhe ocorriam outra vez frases oriundas daquele círculo de emoção antes perdido. Assim, quando Reiting respondeu, zombeteiro, que não era preciso buscar muito longe essa sabedoria, Törless sentiu uma intensa superioridade, que punha palavras duras em sua boca. Por um momento desprezou tanto Reiting que teve desejo de lhe dar pontapés.

—Você pode zombar. Mas o que estão fazendo agora é apenas uma tortura irracional, nojenta e sem sentido com alguém mais fraco do que vocês.

Reiting olhou de esguelha para Basini, que escutava.

— Törless, controle-se!

— Tortura nojenta, suja... é isso!

Reiting ficou furioso.

— Proíbo que nos insulte diante de Basini!

— Que nada! Você não vai me proibir coisa nenhuma! Esse tempo já passou. Um dia tive respeito por você e Beineberg, mas agora vejo o que são. Idiotas embotados, nojentos e animalescos!

— Cale a boca ou...

Reiting parecia querer saltar sobre Törless, que recuou um passo e lhe gritou em pleno rosto:

— Pensa que vou brigar com você? Basini não vale tanto. Faça com ele o que quiser, mas me deixe passar!

Reiting pareceu pensar em algo melhor do que uma briga e deu um passo para o lado. Não tocou em Basini. Contudo, Törless, que o conhecia, sabia que agora um perigo o ameaçava pelas costas.

Foi de tarde, dois dias depois, que Reiting e Beineberg se aproximaram dele.

Törless percebeu a expressão maligna de seus olhos. Obviamente Beineberg lhe atribuía o fracasso de suas profecias, e Reiting devia ter colaborado para isso.

— Ouvi dizer que você nos insultou. E ainda por cima na frente de Basini. Por quê?

Törless não respondeu.

— Você sabe que não toleramos isso. Mas como foi você, cujos caprichos conhecemos e sabemos que não dão em nada, vamos deixar tudo como está. Só que você terá de fazer uma coisa.

Apesar das palavras amáveis, a expressão maligna espreitava nos olhos de Beineberg.

— Basini vai ao quartinho hoje à noite; vamos castigá-lo por ter posto você contra nós. Quando você vir que estamos saindo, vá atrás de nós.

Törless, porém, disse que não:

— Façam o que quiserem; deixem-me fora dessa jogada.

— Hoje à noite ainda vamos nos deliciar com Basini. Amanhã o entregaremos à classe, pois está começando a se rebelar.

— Façam o que quiserem.

— Mas você estará conosco.

— Não.

— Basini tem de ver diante de você que ninguém o ajudará. Ontem já se recusou a cumprir nossas ordens; quase o matamos a paulada, e ele continuou teimando. Temos de apelar para os meios morais, humilhá-lo diante de você e depois diante da classe toda.

— Só que não estarei lá!

— Por quê?

— Porque não!

Beineberg respirou fundo; parecia querer acumular veneno nos lábios; depois chegou bem perto de Törless:

— Acha mesmo que não sabemos por quê? Acha que não sabemos até que ponto você chegou com Basini?

— Não fui mais longe do que vocês.

— Muito bem. E logo a você ele escolheria como protetor? O quê? Logo em você teria tanta confiança? Pensa que somos tão bobos?

Törless ficou mais zangado:

— Pois pensem o que quiserem; agora me deixem em paz, não tenho nada com suas histórias sujas.

— Vai ficar grosseiro outra vez?

— Tenho nojo de vocês! Sua perversidade não faz sentido! E é isso que me revolta tanto em vocês!

— Vejam só! Você devia nos agradecer por muitas coisas. Se pensa que pode se colocar acima de nós, que fomos seus guias, está muito enganado. Virá hoje à noite ou não?

— Não!

— Meu caro Törless, se você se voltar contra nós e não aparecer lá, vamos fazer com você o mesmo que com Basini. Sabe muito bem em que situação Reiting encontrou você lá em cima junto dele. Isso basta. O fato de termos feito mais ou menos a mesma coisa com Basini não lhe servirá de nada. Vamos usar tudo contra você, que nesses assuntos é bobo e inseguro demais para nos vencer. Portanto, se não mudar de ideia em tempo, vamos acusar você de cumplicidade com Basini diante de todos os colegas da classe. Basini que proteja você... Entendido?

A torrente de ameaças que desabara sobre Törless viera ora de Beineberg, ora de Reiting, ora de ambos ao mesmo tempo. Quando foram embora, ele esfregou os olhos como se acordasse. Conhecia Reiting: irritado, seria capaz das maiores baixezas, e parecia ofendido com os insultos de Törless. E Beineberg? Este parecia tremer em meio a um ódio contido há muitos anos... E tudo porque fracassara na frente de Törless.

Contudo, quanto mais trágicos eram os fatos que o rondavam, tanto mais mecânica e indiferentemente ele os encarava. Törless tinha medo das ameaças dos outros, sim — mas era só. O perigo o levara de volta ao torvelinho da realidade.

Foi para a cama. Viu Beineberg e Reiting saírem, ouviu o passo cansado de Basini arrastando-se atrás deles, mas não os seguiu.

Ficou ali, martirizado por fantasias horríveis. Pela primeira vez voltou a pensar afetuosamente nos pais. Sentia que precisava daquele solo calmo e seguro, para nele fixar e amadurecer as coisas que até então só lhe haviam causado transtornos.

Mas o que eram essas coisas? Não tinha tempo para refletir. Sentia apenas um apaixonado desejo de sair dessa situação confusa e perturbadora, um desejo de sossego, de livros. Como se sua alma fosse uma terra negra debaixo da qual já se agitassem as sementes, sem que se soubesse como iriam brotar. Vinha-lhe a imagem de um jardineiro regando seus canteiros todas as manhãs, com uma constante, paciente bondade. Essa imagem não o abandonava, a segurança que emanava dela parecia concentrar em si toda a sua nostalgia. Só assim é que tudo deve ser! Só assim!, sentia Törless, e sobre todo o medo e todas as dúvidas impôs-se a certeza de que teria de fazer o máximo para atingir esse estado de alma.

Apenas não sabia ao certo como agir. Pois o desejo de mergulhar na paz aumentava ainda mais sua repugnância pela rede de intrigas que estavam preparando. Além disso, tinha realmente medo da vingança dos outros. Se aqueles dois tentassem denunciá-lo na frente da classe, opor--se a isso lhe exigiria um enorme desgaste de energia, e exatamente agora lamentava ter de desperdiçar suas forças com aquilo. A mera lembrança dessa confusão toda, dessa luta contra forças alheias por motivos tão desprovidos de valor, dava-lhe arrepios de desgosto.

Ocorreu-lhe então a lembrança de uma carta que há muito recebera de casa. Era a resposta a uma carta sua aos pais, onde, naquela época, relatara o melhor que podia seu estranho estado de alma, antes de acontecerem os episódios sexuais. Era mais uma daquelas respostas domésticas, cheia de moral enfadonha e bem-intencionada, aconselhando-o a fazer com que Basini se denunciasse a si mesmo, pondo fim desse modo à sua indigna e perigosa dependência.

Mais tarde, quando Basini jazia ao seu lado, nu, sobre os macios cobertores do quartinho, Törless relera essa carta. E causara-lhe um prazer especial deixar que se derretessem na boca essas palavras sólidas e sóbrias, imaginando ao mesmo tempo que a excessiva claridade da vida cotidiana sem dúvida cegaria seus pais para a escuridão em meio à qual, no momento, como um animal de rapina, sua própria alma se agachava.

Mas agora foi num estado de espírito bem diferente que releu a passagem.

Uma doce calma espalhou-se nele, como ao toque de uma mão firme e bondosa. Nesse momento ocorreu a decisão. Ele teve o lampejo de uma ideia e, sem mais refletir, sob a influência dos pais, agarrou-se a ela.

Ficou acordado na cama até que os três voltassem. Depois esperou que a respiração regular provasse que dormiam. Em seguida arrancou depressa uma folha do caderno e, à luz indecisa do lampião que ficava aceso à noite, escreveu em letras grandes e vacilantes:

"Amanhã você será denunciado aos colegas e vão acontecer coisas terríveis com você. A única saída é entregar-se ao diretor. De qualquer modo ele ficará sabendo; só que antes disso dariam uma surra tremenda em você.

"Atribua toda a culpa a R. e a B. e me deixe fora disso.

"Está vendo que desejo salvar você."

Colocou o bilhete na mão de Basini, que dormia.

Depois também adormeceu, exausto pela excitação.

Beineberg e Reiting também pareciam querer poupar Törless no dia seguinte.

Mas o caso com Basini foi muito sério.

Törless viu Beineberg e Reiting irem de um colega a outro; ao redor deles formavam-se grupos, que sussurravam agitados.

Não sabia se Basini encontrara o bilhete, pois não tivera coragem de falar com ele, uma vez que se sentia observado.

No começo, receou que também já falassem dele. Mas, na iminência do perigo, ficou tão paralisado que teria deixado qualquer coisa acontecer, sem reagir.

Só mais tarde misturou-se num dos grupos, timidamente, preparado para a possibilidade de que todos se voltassem contra ele.

Mas nem lhe deram atenção. Por enquanto só falavam de Basini.

O nervosismo crescera, Törless podia observar. Reiting e Beineberg talvez tivessem acrescentado mentiras...

Primeiro sorriam, depois alguns ficavam sérios, lançando olhares indignados para Basini. Por fim a sala de aula ficou pesada de um silêncio sombrio, ardente, prenhe de impulsos sinistros.

Por acaso tiveram a tarde livre.

Todos se reuniram no fundo da sala, junto dos armários, e chamaram Basini.

Beineberg e Reiting postaram-se dos dois lados como sentinelas.

O habitual procedimento de mandar Basini despir-se divertiu a todos, depois de terem trancado todas as portas e colocado vigias.

Reiting tinha na mão um pequeno maço de cartas da mãe de Basini ao filho e começou a ler.

— "Meu bom menino..."

Risadas gerais.

— "Você sabe que, com o pouco dinheiro de que disponho, como viúva..."

Risadas obscenas e piadas indecentes emergiam do grupo. Reiting quis continuar lendo. De repente, alguém empurrou Basini. Outro, sobre o qual ele caiu, empurrou-o de volta, em parte com raiva, em parte de brincadeira. Um terceiro passou-o adiante. E de repente, nu, a boca escancarada de pavor, Basini voou como uma bola pela sala em meio às gargalhadas e aos apertos de todos — de um lado a outro —, seu corpo abriu-se em feridas nas quinas dos bancos, e ele caiu de joelhos, esfolando-os até sangrar; por fim, ensanguentado, empoeirado, os olhos esgazeados como os de um animal, caiu de vez no chão, enquanto se fazia um súbito silêncio e todos se aproximavam para vê-lo ali estendido.

Törless teve calafrios. Vira diante de si a força terrível daquelas ameaças.

Ainda não sabia o que Basini faria.

Na noite seguinte, fora decidido, Basini seria amarrado a uma cama e açoitado com as lâminas de suas espadas.

※

Mas, para o espanto de todos, cedo pela manhã o diretor apareceu na sala de aula, na companhia do regente da classe e de dois professores. Basini foi retirado da sala e levado a outro aposento, sem poder sair.

O diretor fez um irado sermão sobre as crueldades cometidas e ordenou uma severa investigação.

Basini entregara-se pessoalmente.

Alguém devia tê-lo informado do que ainda o esperava.

Ninguém suspeitava de Törless. Permaneceu sentado, quieto e recolhido, como se nada daquilo lhe dissesse respeito.

Beineberg e Reiting também não pensavam que fosse ele o delator. Não levavam a sério suas próprias ameaças contra ele, feitas em parte para se mostrarem superiores, em parte para intimidá-lo, ou talvez apenas por raiva. Não teriam agido mal contra ele, até mesmo por causa de suas ligações com os pais dele. Isso tudo era tão natural que nada receavam de sua parte.

Törless não se arrependeu do que fizera. O que nisso havia de dissimulado e covarde era compensado pela sensação de liberdade que agora o invadia. Depois de todo aquele nervosismo, gozava de uma deliciosa luz e amplidão interior.

Não participou das agitadas discussões sobre o que aconteceria; passou o dia todo sozinho e sossegado.

Quando anoiteceu e acenderam os lampiões, sentou-se em sua mesa e colocou à frente o caderno em que fizera todas aquelas rápidas anotações.

Mas por muito tempo não leu nada. Passou a mão pelas páginas, e era como se delas subisse um delicado aroma, como alfazemas entre velhas cartas. Era a ternura misturada com melancolia que dirigimos às coisas já passadas, quando, na suave, pálida sombra que delas emerge, com flores murchas nas mãos, redescobrimos esquecidas semelhanças conosco mesmos.

E essa nostálgica, delicada sombra, esse perfume fanado pareciam perder-se numa ampla, densa e cálida torrente — a vida, agora aberta diante de Törless.

Uma fase se encerrara, a alma formara mais um anel, como na casca de uma árvore jovem. Essa sensação poderosa, para a qual não havia palavras, desculpava tudo o que acontecera.

Törless começou então a folhear suas velhas anotações. As frases em que desamparadamente registrara o que acontecia — o múltiplo assombro e impacto diante da vida — voltaram a viver, pareciam mover-se e assumir coerência entre si. Estendiam-se à sua frente como um caminho iluminado, no qual se achavam vincados os rastros de seus passos hesitantes. Mas parecia que ainda faltava algo; não uma nova ideia, isso não; era como se alguma coisa ainda não tivesse vindo à vida para ele.

Sentia-se inseguro. E agora o que vinha era o medo de no dia seguinte defrontar-se com seus professores e ter de se justificar. Como lhes explicaria tudo? Como os faria compreender aquele caminho sombrio e misterioso que atravessara? Se lhe perguntassem "Por que você maltratou Basini?", não poderia responder "Porque estava interessado em algo que acontecia na minha mente, algo de que hoje, apesar de tudo, ainda sei muito pouco e diante do qual tudo que penso me parece insignificante."

Esse pequeno passo que ainda o separava do fim de seu desenvolvimento mental assustava-o como um monstruoso abismo.

E ainda antes do anoitecer, Törless, de tanto nervosismo, entrou num estado febril e ficou em pânico.

No dia seguinte, quando chamaram os alunos um a um para serem interrogados, Törless desaparecera.

Fora visto pela última vez à noite, sentado diante de um caderno, lendo.

Procuraram por ele em todo o prédio, Beineberg deu uma olhada no quartinho, mas não o encontraram.

Perceberam então que fugira do internato e avisaram à polícia em todo o distrito, para que o procurasse e apanhasse, tratando-o com brandura.

Nesse ínterim a investigação teve início.

Achando que Törless fugira com medo de suas ameaças, Reiting e Beineberg sentiram-se na obrigação de afastar qualquer suspeita dele e defenderam-no firmemente.

Jogaram toda a culpa em Basini, e a classe inteira confirmou que Basini era um ladrão, um pervertido, que recaía após todas as tentativas de o regenerarem. Reiting afirmou que reconheciam ter errado, mas tudo acontecera apenas porque, por compaixão, pensavam não dever entregar um colega para ser punido antes de esgotar todos os outros meios de corrigi-lo. Mais uma vez toda a classe jurou que os maus-tratos infligidos a Basini tinham sido provocados pelo deboche com que ele respondera à bondade dos colegas.

Em suma, uma comédia bem montada, brilhantemente encenada por Reiting. Para se desculparem, tocaram em todas as teclas da moral que pareciam soar bem aos ouvidos dos professores.

Basini permaneceu obstinadamente calado. Ainda sentia um medo mortal por causa do dia anterior; a solidão do quarto em que estava preso, o rumo calmo e objetivo das investigações já representavam para ele um verdadeiro alívio. Só queria que tudo acabasse depressa. Além do mais, Reiting e Beineberg haviam-no ameaçado com uma vingança terrível caso os denunciasse.

Então trouxeram Törless. Fora encontrado na cidade vizinha, mortalmente exausto e faminto.

Sua fuga parecia o único enigma em toda a história. A situação, porém, era-lhe favorável. Beineberg e Reiting haviam preparado tudo muito bem, falando do nervosismo que ele sentira nos últimos dias, de sua fina sensibilidade moral, que devia considerar um crime o fato de saber de tudo desde o começo e não ter logo denunciado. Por isso talvez até se sentisse o culpado da catástrofe.

Assim, Törless foi recebido com benevolência, e os colegas o prepararam em tempo.

Sentia-se, porém, terrivelmente nervoso, e o medo de não conseguir fazer-se compreender o esgotava...

Por discrição e como ainda receassem revelações, o interrogatório foi feito na residência particular do diretor. Além deste, estavam presentes o regente, o professor de religião e o de matemática, que, sendo o mais novo do colegiado, recebera a incumbência de redigir as atas.

Interrogado sobre a causa da fuga, Törless ficou calado.

Todos balançaram a cabeça compreensivamente.

— Muito bem — disse o diretor —, estamos informados de tudo. Mas diga-nos por que escondeu o procedimento de Basini.

Törless poderia mentir, mas sua timidez se dissipara. Sentia vontade de falar de si e experimentar o efeito de suas ideias naquelas cabeças.

— Não sei ao certo, sr. Diretor. Quando ouvi falar nessas coisas pela primeira vez, pareceu-me algo monstruoso... inconcebível...

Satisfeito, o professor de religião fez um animador sinal de cabeça para Törless.

— Eu... pensei... na alma de Basini...

O professor de religião ficou radiante, o matemático limpou seu pincenê, ajeitou-o, apertou os olhos.

— Não conseguia imaginar a cena, com Basini sofrendo tamanha degradação. Por isso, a toda hora tinha vontade de estar com ele...

— Muito bem, quer dizer que sentia uma repulsa natural pelo erro de seu colega e, de certa forma, a visão do pecado o fascinava, tal como dizem que as serpentes fazem com suas vítimas.

O regente da classe e o matemático, com gestos expressivos, apressaram-se em aprovar a comparação.

Mas Törless disse:

— Não, na verdade não era repulsa. Era assim: uma vez eu disse para mim mesmo que ele errava e era preciso entregá-lo aos responsáveis pela sua punição...

— E era isso que devia ter feito.

—... mas então, de outro lado, tudo me pareceu tão estranho que nem pensei mais em castigo, e encarei-o sob outro aspecto; sempre que pensava nele, acontecia esse salto dentro de mim...

— Meu caro Törless, fale mais claro.

— Mas não posso dizer isso de outra maneira, sr. Diretor.

— Pode, sim. Você está nervoso, estamos vendo, e confuso; o que você acaba de dizer é obscuro demais.

— Bem, sim, eu me sinto confuso. Houve uma época em que conseguia raciocinar melhor sobre isso. Mas sempre tudo retorna a esse ponto, a essa coisa estranha que existia em mim...

— Bem... é compreensível, com toda essa situação.

Törless refletiu um pouco.

— Talvez se possa dizer assim: há coisas destinadas a intervir duplamente em nossa vida. Era desse modo que eu sentia pessoas, fatos, recantos escuros e empoeirados, uma parede alta, fria e silenciosa que de repente adquiria vida...

— Pelo amor de Deus, Törless, você está mudando de assunto...

Mas Törless divertia-se agora, falando em tudo isso.

—... números imaginários...

Todos se entreolharam, depois fitaram Törless. O matemático pigarreou:

— Preciso acrescentar, para que entendam melhor esses dados obscuros, que certa vez fui procurado pelo aluno Törless para explicar certos conceitos de matemática... e também os números imaginários... que podiam estar causando dificuldades a um raciocínio pouco experiente. Devo inclusive admitir que o rapaz mostrou inegável agudeza mental, mas procurava, com verdadeira obsessão, apenas aquelas coisas que de certa maneira formam uma lacuna em nosso conhecimento, pelo menos no caso dele.

— Törless, ainda se lembra do que disse naquela vez?

— Sim. Disse que me parecia que não conseguiríamos superar esses assuntos só com nosso pensamento, que precisávamos de uma outra certeza interior que nos ajudasse. Que não conseguíamos progredir só com o raciocínio, e isso eu também sentia em relação a Basini.

O diretor já se impacientava com o desvio filosófico do interrogatório, embora o catequista se mostrasse muito satisfeito com a resposta de Törless.

— Então — indagou —, você se sentia atraído da ciência para a religião? Obviamente era assim com relação a Basini — disse, dirigindo-se aos demais. — Ele parece ter uma receptividade especial para os aspectos mais refinados, diria eu, os aspectos divinos da moral.

O diretor sentiu-se também na obrigação de intervir.

— Ouça, Törless, é assim como o reverendo está dizendo? Você tem inclinação para ver por trás de fatos ou coisas, como você mesmo disse de forma generalizada, um fundo religioso?

Ele próprio ficaria contente se Törless concordasse e fornecesse um alicerce firme para o seu julgamento, mas Törless respondeu:

— Não, também não era isso.

— Bem, pois então nos diga de uma vez e claramente o que foi — explodiu o diretor. — É impossível entrarmos numa discussão filosófica com você.

Agora, contudo, Törless mostrava-se obstinado. Reconhecia que falara mal, que o antagonismo e a equívoca aprovação com que o tratavam provocavam nele uma arrogante superioridade diante dos homens de mais idade, que pareciam saber tão pouco sobre os estados de alma das pessoas.

— Não tenho culpa se não é isso que os senhores pensavam. Nem eu posso descrever exatamente o que sentia a cada vez; mas se disser o que penso a respeito agora, talvez os senhores compreendam por que levei tanto tempo até conseguir me libertar.

Ele assumira uma postura mais ereta, orgulhoso como se fosse o juiz naquela sala, os olhos fitando para além das pessoas; não desejava contemplar as figuras ridículas de seus interlocutores.

Lá fora, diante da janela, viu uma gralha pousada num ramo, e nada mais — todo o resto era uma imensa superfície branca.

Törless sentiu que chegara o momento em que falaria com clareza, nitidez, confiança e segurança sobre as coisas que experimentara, imprecisas e torturantes no começo e depois apáticas e inertes.

Não que lhe viesse um pensamento novo, confiando-lhe essa lucidez e essa segurança, ali postado, ereto, como se nada houvesse ao seu redor senão espaço vazio — era *ele*, o ser humano inteiro, que sentia isso, assim como o sentira naquela vez, quando deixara seus olhos assombrados passearem entre os colegas que escreviam, estudavam, trabalhavam com afinco.

Pois os pensamentos são uma coisa estranha. Muitas vezes não passam de acasos que desaparecem sem deixar rastros; os pensamentos têm épocas de viver e épocas de morrer. Pode-se ter uma ideia genial, e ainda assim, como uma flor, ela murchará lentamente entre nossas mãos. Permanece uma forma, mas faltam suas cores e seu aroma. Isso significa que, embora posteriormente nos lembremos bem dessa ideia, palavra por palavra, e o valor lógico da frase permaneça inalterado, ela apenas flutua desorientada na superfície de nosso interior, e não mais nos sentimos enriquecidos por possuí-la. Até que — talvez anos depois — de súbito surge o momento em que vemos que, naquele meio-tempo, nada sabíamos sobre ela, ainda que, do ponto de vista da lógica, soubéssemos tudo.

Sim, há pensamentos mortos e pensamentos vivos. O raciocínio que se move na superfície iluminada, que a qualquer instante pode ser conferido pelo fio da causalidade, não é necessariamente o pensamento vivo. Um pensamento que se encontra por esse meio permanece indiferente, como um homem qualquer marchando numa fila de soldados. Um pensamento — mesmo que tenha passado pela nossa mente há muito tempo — só viverá no instante em que alguma coisa, que já não é o pensar, que já não é lógica, se acrescenta a ele, de modo que sentimos sua verdade para além de qualquer justificação, como uma âncora que dilacera a carne viva e ensanguentada... Uma grande compreensão só se realiza pela metade no círculo de luz na nossa mente; a outra metade se realiza no solo escuro do mais íntimo de nós e é, antes de mais nada, um estado de alma em cuja ponta extrema, como uma flor, pousa o pensamento.

Törless precisara apenas de um abalo da alma para que, num último impulso, isso brotasse nele.

Sem se importar com as expressões assombradas ao seu redor, como num monólogo, começou a partir desse ponto e, sem se interromper, olhos fitos em algum lugar distante, disse:

— Talvez eu tenha aprendido muito pouco para saber me expressar corretamente, mas tentarei descrever o que aconteceu comigo. Ainda há pouco estava novamente aqui, em mim. Mas não posso senão dizer que vejo as coisas de duas formas. Todas as coisas e também os pensamentos. São hoje os mesmos de ontem, embora eu me esforce para encontrar uma diferença; mas, quando fecho os olhos, vivem sob outra luz. Talvez eu tenha me enganado com a questão dos números irracionais; quando os persigo dentro da matemática, parecem-me naturais; quando os encaro diretamente no que têm de singular, parecem-me algo impossível de existir. Talvez me engane, sei muito pouco a respeito disso. Mas não me enganei com Basini, não me enganei quando não consegui afastar meu ouvido do leve farfalhar dentro da alta parede, nem meus olhos da silenciosa vida dos grãos de poeira subitamente iluminados por uma luz. Não, não me enganei quando falava de uma segunda vida das coisas, uma vida secreta e despercebida. Eu... não falo textualmente; não são as coisas que vivem, não era Basini que tinha dois rostos; era em mim que havia um segundo rosto, que não encarava nada com os olhos do entendimento. Assim como sinto que um pensamento adquire vida em mim, também sinto que alguma coisa vive em mim quando contemplo as coisas, quando os pensamentos se calam. Existe algo obscuro em mim, debaixo de todos os pensamentos, algo que não pode ser avaliado com eles; uma vida que não se exprime em palavras e que, ainda assim, é a minha vida...

"Essa vida silenciosa me oprimia, me sufocava e cada vez mais me obrigava a encará-la. Sofri, com medo de que toda a nossa vida fosse assim e que só aqui e ali, fragmentadamente, eu soubesse disso... Oh, senti um medo terrível... Estava fora de mim..."

Essas palavras e analogias, muito além da idade de Törless, brotavam fáceis e naturais de seus lábios, como num momento de inspiração poética. Depois baixou a voz e acrescentou, como que abalado com seu próprio sofrimento:

— Agora passou. Sei que me enganei. Não tenho mais medo de nada. Sei que as coisas são coisas e sempre o serão, e que sempre as verei ora de um jeito, ora de outro. Ora com os olhos do raciocínio, ora com aqueles outros... E nunca mais tentarei comparar as duas coisas...

Calou-se. E achou absolutamente natural que ninguém o impedisse de se ir.

※

Depois que ele saiu, os homens entreolharam-se perplexos.

O diretor balançou a cabeça, indeciso. O regente da classe foi o primeiro a recuperar a fala.

— Ora, esse pequeno profeta queria nos pregar um sermão! Mas o diabo que o entenda. Que nervosismo! E quanta confusão com coisas tão simples!

— Receptividade e espontaneidade do pensamento — acrescentou o matemático. — Parece que ele deu importância demais ao fator subjetivo de todas as nossas vivências e que isso o deixou confuso, levando--o a fazer analogias obscuras.

Só o professor de religião se manteve calado: percebera nas palavras de Törless várias vezes a expressão "alma"; teria gostado de cuidar desse jovem.

Contudo também não saberia ao certo o que fazer com ele.

O diretor então pôs um fim à situação.

— Não sei bem o que há na cabeça desse Törless, mas ele está num estado de alta excitação, de modo que não há de ser bom para ele continuar no internato. Ele necessita de uma vigilância cuidadosa quanto aos alimentos espirituais, mais do que podemos lhe dar aqui. Não creio que possamos arcar com essa responsabilidade. Törless deve ser educado por professores particulares; escreverei ao pai dele nesse sentido.

※

Junto com a do diretor, chegou à casa dos pais de Törless uma carta do rapaz, na qual lhes pedia que o retirassem do internato, porque já não se sentia bem ali.

Nesse ínterim, Basini foi expulso, e a vida da escola continuou no seu ritmo normal.

Decidiu-se que a mãe de Törless viria apanhá-lo. Ele despediu-se com indiferença dos colegas — quase começava a esquecer seus nomes.

Nunca mais subiria ao quartinho vermelho. Tudo aquilo parecia ter ficado muito, muito atrás — estava morto, desde o afastamento de Basini; quase como se este, que concentrara em si todas aquelas relações, as tivesse levado consigo.

Törless ficou dominado por um silêncio povoado de dúvidas, mas o desespero se fora.

"Certamente foram apenas as coisas secretas com Basini que me deixaram tão desesperado", pensou. Não parecia haver outro motivo.

Envergonhava-se, porém. Assim como, de manhã, nos envergonhamos, quando à noite — atormentados pela febre — vimos saírem de todos os recantos do quarto escuro terríveis ameaças.

Seu comportamento diante da comissão de professores lhe parecia horrivelmente ridículo. Quanta encenação! Não estariam eles com razão? Por uma coisa tão insignificante! No entanto, algo dentro dele abrandava essa vergonha. Ponderou: é verdade que me comportei como um irracional, mas também tudo isso parece ter tido tão pouco a ver com a minha razão…

Era o que sentia agora. Lembrava-se de uma terrível convulsão em seu interior, algo para cuja explicação todos os meios de que dispunha por enquanto eram insuficientes.

Portanto, concluiu, deve ter sido alguma coisa muito mais necessária e profunda do que se pode avaliar com a razão e os conceitos...

E aquilo que existira antes da paixão, que fora recoberto por ela, a coisa real, o verdadeiro problema, estava enraizado nele. Aquela perspectiva alternada de longe e perto, que ele experimentara. Aquela relação incompreensível que dá a fatos e coisas valores súbitos, conforme o nosso ponto de vista, e que são inteiramente estranhos e incomparáveis entre si...

Isso e todo o resto — ele o via singularmente nítido e puro e pequeno. Assim como vemos pela manhã, quando os primeiros e puros raios de sol secaram o suor do medo, e a mesa, o armário, o inimigo e o destino se recolhem novamente às suas dimensões naturais.

Mas tal como nesse caso permanece em nós uma leve lassidão pensativa, também assim acontecia com Törless. Agora ele sabia distinguir entre o dia e a noite; na verdade sempre soubera; apenas um pesadelo deslizara por sobre essas fronteiras, confundindo-as, e ele se envergonhava dessa confusão. Contudo, a lembrança de que podia ser diferente, de que existem ao redor do ser humano fronteiras finas, facilmente extinguíveis, e de que sonhos febris se esgueiram em torno de nossa alma, corroendo os muros firmes e abrindo trilhas sinistras — essa lembrança se acomodara no fundo dele e irradiava suas pálidas sombras.

Não conseguia explicar muitas dessas coisas. Mas era delicioso sentir a ausência de palavras — como a certeza do ventre fecundo, de que aquele leve movimento em seu interior já é o futuro latejando em suas veias. Em Törless misturavam-se assim a confiança e o cansaço...

Foi desse modo que ele esperou pela despedida, quieto e pensativo...

A mãe, que pensara encontrar um rapaz superexcitado e confuso, percebeu com estranheza a fria indiferença.

Quando se encaminharam para a estação, viram à direita o pequeno bosque com a casa de Bozena. Parecia insignificante e inofensiva, uma trama poeirenta de choupos e salgueiros.

Törless lembrou-se de como lhe parecera inconcebível, naquele tempo, a vida de seus pais. Olhou a mãe de lado, disfarçadamente.

— O que é, meu filho?

— Nada, mamãe, só estava pensando.

E aspirou o odor levemente perfumado que se evolava do regaço de sua mãe.

Sobre o autor

Robert Musil (1880-1942) nasceu em Klagenfurt, Áustria. Começou a carreira de oficial militar, mas alguns anos depois decidiu estudar engenharia. Em 1908, doutorou-se, no entanto, em filosofia e, nos primeiros anos do século XX, trabalhou em diversas revistas literárias. Na Primeira Guerra, integrou o exército austríaco, e por sua atuação foi condecorado, alcançando o título de capitão. Com a ascensão do nazismo, seus livros foram proibidos na Alemanha e na Áustria, o que o fez mudar-se para Genebra, Suíça, onde passaria os últimos anos de sua vida ao lado da mulher, Martha Marcovaldi.

Musil é considerado, ao lado de Thomas Mann e Hermann Broch, uma das maiores expressões da literatura em língua alemã do século XX.

Conheça os títulos da Biblioteca Áurea

A bíblia da humanidade — Michelet
A Casa Soturna — Charles Dickens
A interpretação dos sonhos — Sigmund Freud
A velhice — Simone de Beauvoir
As confissões — Jean-Jacques Rousseau
Código dos homens honestos — Honoré de Balzac
Iniciação à Estética — Ariano Suassuna
Jane Eyre — Charlotte Brontë
Notas autobiográficas — Albert Einstein
O homem sem qualidades — Robert Musil
O jovem Törless — Robert Musil
O tempo, esse grande escultor — Marguerite Yourcenar
O último dos moicanos — James Fenimore Cooper
O vermelho e o negro — Stendhal
Os três mosqueteiros — Alexandre Dumas
Todos os homens são mortais — Simone de Beauvoir
Um teto todo seu — Virginia Woolf

Direção editorial
Daniele Cajueiro

Editora responsável
Ana Carla Sousa

Produção editorial
Adriana Torres
Luisa Suassuna

Revisão
Rachel Rimas
Luiz Felipe Fonseca

Capa
Rafael Nobre

Diagramação
Filigrana

Este livro foi impresso em 2019
para a Nova Fronteira.